KB150451

韓國의 漢詩 12

蛟山 許筠 詩選

한국의 한시 12

교산 허균 시선

허경진 옮김

평민사

 머리말

　허균의 시는 그의 문집에 728편이 실려 있다. 그 밖에 중국의 시선(詩選)이라든가 그들과 주고받은 시들을 모은 《황화집》에 20여 편이 실려 있다. 그의 시 749편 가운데 109편을 가려 뽑아서 이 시선을 엮었다.

　그는 큰 포부를 지니고 벼슬길에 나섰지만 그의 이상과 현실은 맞지 않았다. 너무나도 단단한 현실의 벽에 몸으로 부딪치면서 살아온 그의 삶이 749편의 시에 나타나 있다. 현실에 대해서 불평을 내어 뱉은 것이 그의 시이고, 50년 그의 생애를 그린 것이 그의 시이다. 이 시선에서는 그의 일생을 더욱 쉽게 파악할 수 있도록 그의 시들을 연대순으로 배열하였다.

　이 시선은 앞서 나온 《허균의 시화》, 평전 《허균》의 자매편이다. 《허균시연구》를 지으면서 자료로 정리했던 원고였던만큼, 그 책을 보면서 참고하면 더 좋을 것이다.

　교정을 깨끗이 보아준 누이동생 허혜란에게 감사드린다.

　─ 1986년 2월 22일
　　허경진

《교산 허균 시선》 초판을 낸 지 26년이 지나도록 많은 독자들의 사랑을 받아 꾸준히 재판을 찍었지만, 마음속에는 항상 아쉬움이 있었다. 틀린 글자도 보였거니와, 독자들에게 더 소개하고 싶은 시도 많았기 때문이다.

《허균 시 연구》로 박사학위 논문을 쓴 지 30년이 되는 해를 맞아서, 몇십 수를 보태어 개정판을 내어놓는다. 작은형 허봉의 《조천록》 뒤에 덧붙어 있던 허균의 《을병조천록》이 최근 국립중앙도서관에서 발견되었는데, 이 시들은 다음 기회에 보완하고자 한다.

허균 문학을 사랑하여 14년째 〈교산 허균 문화제〉를 개최해 온 강릉시와 ㈔교산난설헌선양회 회원들에게 작은 선물이 되면 좋겠다.

— 2012년 12월

2023년에 《허균전집》을 번역 간행하는 기회에 《을병조천록》을 다시 읽으면서 24수를 번역하여 보완하였다.

— 2024년 3월
허경진

차례

젊은 날의 시들

처음 중국을 다녀오면서

나의 길은 갈수록 어렵기만 하구나

떡을 바쳐야 벼슬을 얻지

부록

젊은 날의 시들

나는 어렸을 때부터 시 짓는 법을 조금 알았다. 손곡(蓀谷)에게서 이백(李白)을 배웠고, 작은 형님에게서 당시(唐詩) 및 한유나 소동파를 배웠다. 그리고 난리중에 비로소 두보를 익혔으니, 부질없이 소기(小技)에다가 공력을 허비한 지도 벌써 열두 해나 지났다.

지난번 낙가사(洛迦寺)에 있으면서 우연히 기억난 것이 있었는데, 열 가운데 일여덟은 이미 잊어버린 나머지였다. 세월이 오래 가면 기억난 것마저도 또한 잊게 될 것이므로, 책자에 써서 심심풀이로 삼으며 〈억기시(臆記詩)〉라 이름하였다.

기억나는 대로 따라 썼기 때문에 일월(日月)의 선후로써 차례를 매기지 않았으니, 보는 자가 용서하고 이 책으로 장독이나 덮지 말아 주었으면 몹시 다행이겠다.

— 〈교산억기시〉(蛟山臆記詩) 머리말

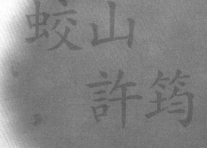

서울 가는 유연숙을 보내면서

送柳淵淑之京

쓸쓸한 차림은 메추라기 비슷하지만
자루 속엔 거문고, 상자 속엔 책이 있네
미친 이태백 같다고 사람들은 비웃지만
친구들은 오히려 병든 상여를 기억하네
바람은 연못을 돌아 긴 난간을 시원케 해주고
해는 짙은 그늘을 보내 사창을 비추네
서울 가서 날 묻는 이 있거든
무릉의 낚시질에 이미 생애를 맡겼다 하소

行裝蕭散等鶉居。	囊裏孤琴篋裏書。
時論共疑狂李白、	故人猶記病相如。
風回曲沼淸長檻、	日送繁陰映綺疏。
歸去洛城如有問、	生涯已付武陵漁。

■
* 연숙(淵叔)은 유숙(柳潚, 1564-1636)의 자로. 본관은 흥양(興陽), 호는
  취흘(醉吃)이다. 1597년 문과에 급제하여 대사간·대사성 등을 지냈
  다. 저서로《취흘집》이 있다.

꽃이 지다

落花

7.

복사꽃 오얏꽃 부귀를 다투어 자랑하며
대나무 소나무를 쓸쓸하다 비웃네
석 달이라 봄빛이 잠깐 사이 가버리면
소나무 대나무만 만겹으로 푸르리라

桃李爭誇富貴容。　　　笑他篁竹與寒松。
須臾九十春光盡、　　　惟有松篁翠萬重。

8.

떨어진 꽃잎 바람 따라 저마다 날아가서
하나는 주렴 위로 또 하나는 웅덩이로
그 뉘가 알랴, 영화와 욕됨이 모두가 천분임을
바람이[2] 마음 써서 그리된 것 아니라네

墮葉因風各自飛。　　　一飄簾幕一汚池。
誰知榮辱皆天分、　　　不是封姨用意爲。

■
2) 원문의 봉이(封姨)는 풍신(風神)의 이름이다.

16

보는 대로 기록하다

記見

1.

늙은 아낙네가 해 지는데 황폐한 마을에서 통곡하네
엉클어진 머리에 서리 내리고 두 눈은 어둡구나
지아비는 빚 못 갚아 감옥에 갇혀 있고
아들은 도위[1] 따라 청주로 떠났다오
집안은 난리 겪어 기둥 서까래마저 다 타버리고
이 몸은 숲속에 숨다가 잠방이까지 잃었다오
일거리가 다 끊어져 살 생각마저 없어졌는데
관가의 아전은 또 무슨 일로 우리 집 문을 두드리시나

老妻殘日哭荒村。　　蓬鬢如霜兩眼昏。
夫欠債錢囚北戶、　　子從都尉向西原。
家經兵火燒機軸、　　身竄山林失布褌。
産業蕭然生意絶、　　官差何事又呼門。

■
1) 부마도위는 임금의 사위인데, 흔히 부마라고 부른다. 부마도위 가운데
　서도 신분의 높고 낮음을 가리기 위해 종2품 이상을 위(尉), 정3품 당
　상을 부위(副尉), 그 이하 4품까지의 부마를 첨위(僉尉)라고 불렀다.

2.

늙은이들 서로 보며 슬퍼하는 빛도 없이
올해 새로 오신 원님 어질다고 말들 하네
왜놈의 말을 죄다 몰아 관아에서 기르고
군량미 들이라 재촉해서 바닷속에 저장했다네
타다 남은 오두막에는 몸 가릴 곳도 없고
참호 도랑 파느라고 백성들 반쯤 없어졌다네
관군들은 상원으로 옮겼단 말까지 들려오니
그 누가 성을 지켜 장수양이 될 것인가

老翁相對不悲傷。　　共說今年太守良。
賊馬盡驅衙裏養、　　軍糧催納海中莊。
燒殘廬舍民無庇、　　鑿就壕溝戶半亡。
聞道官軍移上院、　　守城誰是許睢陽。

처음 강릉에 이르러서
初到江陵

동해 바다에 바람이 일어 큰 돛을 가득 펼치고
천리길 강릉까지 아흐레 만에 돌아왔네
용은 화주를 안고 발해를[1] 뛰어넘고
학도 구슬을 물고 봉래에 떨어졌네
파도 속에 한나라 사신은 뗏목을 타고 왔었고
비바람 거슬러 진시황은 돌에까지 채찍질해 가게 했었지
만 번 죽다 살아남은 혼백 이제야 쉴 곳에 이르렀으니
이번에 떠돌며 놀던 일이 내게는 정말 기이하구나

重溟淅瀝大帆開。　　千里江陵九日廻。
龍抱火珠跳渤澥、　　鶴含靈璧墮蓬萊。
波濤漢使乘槎去、　　風雨秦皇策石來。
萬死殘魂今始定、　　玆遊於我亦奇哉。

■
1) 요동반도와 산동반도 사이에 있는 바다. 《사기(史記)》〈봉선서(封禪書)〉에 의하면, 신선들이 사는 세 산이 발해 가운데 있다고 한다. 허균이 실제로는 함경도에서 배를 타고 동해 바다를 건넜지만, 금강산을 봉래산으로 표현했으므로 동해를 발해로 표현하였다.

피난 와서 잠시 쉬며

避地連閣作八絶

1.

내 집은 장릉 땅 작은 저자 동쪽에 있건만
두어 칸 초가집을 한 해나 비워두었네
찌를 붙인 만 권의 책들은 어디로 갔으려나
도랑 속이 아니면 흙 속에 묻혔을 테지

家在長陵小市東。　　　數間茅屋一年空。
牙籤萬軸歸何處、　　　不落溝中卽土中。

3.

아버님의 무덤은 한강 옆에[1] 모셨는데
명절마다 누가 있어 무덤을 돌봐 주랴
서쪽으로 가래나무 숲을 애타게 바라보다가
날 저문 하늘 가에서 눈물로 수건 가득 적시네

先子丘墳寄漢濱。　　　歲時誰是掃墳人。
松楸西望腸堪斷、　　　日暮天涯淚滿巾。

■

1) 1968년 주소로 경기도 시흥군 신동면 서초리인데, 지금의 서초구 서초
　동 법원단지 일대이다. 경부고속도로 개설공사가 공고되어, 경기도 용
　인시 원삼면 맹리 산61번지 수정산(水晶山) 기슭으로 이장하였다.

4.
서쪽 싸움터가 몇 천리 길이기에
헤어진 뒤 소식 전하기 그토록 어려웠나
난리만 눈에 가득해 더부살이 신세 같으니
어디메서 구름 보며[2] 낮잠을 자볼거나

西塞關河路幾千。　　別來音信苦爲傳。
干戈滿眼身如寄、　　何處看雲費晝眠。

6.
천 자 높이 굳은 성곽 백 자 깊이 참호에다
화살 날카롭고 활은 강한데 칼도 또한 길구나
막사 앞에 딱딱이 치며 군사들이 하는 말
애당초 태수님이 굳게 못 지켰다네

千尺金城百尺壕。　　矢錦弓硬且長刀。
帳前擊柝軍相語、　　太守元來守不牢。

■
2) 당나라 때에 적인걸(狄仁傑)이 병주(幷州) 법조참군(法曹參軍)에 임명
되어 부모 곁을 떠났다. 하양에 두고 온 부모가 생각날 때면 태항산(太
行山)에 올라가 구름을 쳐다보며, "저 구름 밑에 우리 부모님이 계신다"
고 슬퍼하였다.

두보의 회고시에서 운을 받아

步工部懷古韻

3.
문간에 관리 소리치자 울밑에 노인 무릎 꿇으니
두보의 시에 나오는 석호촌이로구나[1]
관가에 세금 낼 날 바로 앞에 닥쳤으나
늙은 아낙 주림에 지쳐 눈이 벌써 어두웠네
쇠붙이 모아 봐야 한 꿰미나 될까말까
뽑아간 병정도 끝내 외론 혼백 되었네
가렴주구 끝없어 민생이 고달프니
눈에 띄는 시름거리 어찌 다 말로 하랴

翁跪籬間吏叫門。　　　拾遺詩裏石壕村。
官家納稅時雖迫、　　　老婦啼飢眠已昏。
聚鐵只堪成一錯、　　　抄兵終亦作孤魂。
誅求不厭民生困、　　　觸目端憂詎可論。

■
1) 원문의 습유(拾遺)는 당나라 시인 두보(杜甫)의 벼슬이다. 두보가 안녹
   산의 난을 피해 다니다 시골 관원의 횡포와 백성의 참상을 보고 〈신안
   리(新安吏)〉〈동관리(潼關吏)〉〈석호리(石壕吏)〉라는 시를 지었는데,
   이를 삼리(三吏)라고 한다.

덕원 민가에서 자며

宿德源民舍

1.

성 밖에선 슬픈 호드기 소리 밤늦도록 불어대고
성가퀴에 비낀 달은 시름 어린 눈썹을 펼쳤네
강물은 멀리 오랑캐의 성채에서 갈라지고
바닷가 마을 저 멀리 대장 깃발이 또렷하구나
왕찬은 다락에 기대어 부질없이 글이나 짓고[1]
두보도 벼슬 하나 못한 채 시만 읊는구나
이 전쟁으로 흘린 피가 이수와 낙수의 물을 기울였다니[2]
그 누가 기묘한 계책을 내어 저 도적들을 물리칠거나

城外悲茄夜半吹。　　女垣斜月展愁眉。
河流遠坼單于壘、　　海邑遙明大將旗。
王粲倚樓空作賦、　　杜陵徒步只吟詩。
空聞戰血傾伊洛、　　却敵何人出六奇。

■

1) 왕찬은 중국 삼국시대 위나라 고평 사람인데, 박학다식한 데다 문장도
   뛰어났다. 한나라 말기에 형주로 피난가서 유표(劉表)에게 몸을 의탁하
   고 지냈는데, 자기의 뜻을 펼 수가 없었다. 그래서 다락에 올라가 〈등루
   부(登樓賦)〉를 지었다. 원나라 때에는 〈왕찬등루(王粲登樓)〉라는 극까
   지 생겨났다.
2) 이수(伊水)와 낙수(洛水)의 물이 마르자, 하(夏)나라가 망했다. 나라가
   멸망하는 징조이다.

매
鷹

수심 어린 매 눈초리가 항복한 오랑캐 같고
풍채나 뼈대는 한나라 질도[1] 비슷해라
빼어난 날개가 비록 얼레에 매였지만
이채로운 자태는 다른 새들과 자못 달라라
세 굴 파는 토끼놈을 아직 잡진 못했으나
한로[2]와 짝이 되어 불러주길 기다리네
조만간 자주끈을 벗어만 난다면
창공에서 대붕의 새끼 후려채고 말리라

蒼鷹愁眼似降胡。　風骨依俙漢邨都。
逸翮縱爲金鏃繫、　異姿應與鳥群殊。
未擒狡兔營三窟、　且伴韓盧待一呼。
早晚紫絛如脫去、　碧天當搏大鵬雛。

■
1) 한나라 경제(景帝) 때의 곧은 신하. 바른말을 잘하고 법을 엄하게 시행
   했으므로, 그때 사람들이 매[蒼鷹]라고 불렀다.
2) 전국시대 한(韓)나라에서 이름난 사냥개이다.

정 스님에게

贈靜上人

건봉사는 금강산에 있어
상서로운 구름 속에 아스라이 솟았네
그 속에 한 스님이 옥설 같은 자태로
집 버리고 일찌감치 동림 스님 짝이 되었네
정밀히 연구하여 내외전[1]을 다 통하니
얼기설기 쌓인 책들 모두가 금련[2]일세
글씨는 회소[3]를 배워 한 획 한 획이 힘차고
시는 교연[4]을 본받았지만 더욱 뛰어났네
지난해 용나루에 사또 부름 받들고
연화의 장막 속에 붉은 이마 낮추었네
기개는 손책(孫策)의 군막 아우 압도하고
이름은 왕씨집 손님 중 으뜸일세
외론 구름이 봉우리 그리고 새는 둥지 그리워하듯
지팡이에 몸 싣고서 바람처럼 돌아왔네

■
1) 내전은 불교 경전, 외전은 그 이외의 책들이다.
2) 다른 사람들은 맛볼 수 없는 음식인데, 이 시에서는 자신이 엿볼 수 없는 경지를 뜻한다.
3) 당나라의 고승인데, 초서를 잘 썼다.
4) 당나라의 시승(詩僧)인데, 사령운(謝靈運)의 10세손이다.

바릿대에 물병이면 생계 넉넉하거니와
솔길이며 담쟁이길도 노닐기는 좋아라
비야성(毗耶城)의 거사가 소갈병이 들어
유마의 방장실을 찾아와 누웠다오
가을꽃이랑 예쁜 돌들을 마음껏 찾아다니고
동쪽 바다에 돋는 해도 사랑스레 구경했지
처음 만나자 내게 물었네. 무슨 일로 괴로워 하느냐고
반생을 명예와 이익에 취해 살지 않았느냐고
마음 씻고 참선하는 걸 어찌 배우지 않느냐고
태어나 늙고 병들어 죽는 일 모두 그칠 수 있을 텐데라고.
흐린 등불 가랑비에 나의 꿈 끊어지니
바람이 파도를 쳐 베개 가를 뒤흔드네
향불은 다 타버리고 경쇠소리 잠이 들자
하늘 저 멀리서 잔나비 울음만 한밤중을 알리누나
서글퍼라 산문에도 또한 헤어짐이 있어
날이 밝으면 첫새벽에 지팡이를 들어야지
그 누가 다시금 원통을 찾아올는지
바다는 하늘에 닿아 한 조각 달만 비치네

乾鳳寺在金剛山。花宮縹緲卿雲間。
中有禪僧玉雪姿。棄家早伴東林師。
研精博通內外典。枕籍經藏皆禁臠。
書師懷素太遒勁。詩法皎然還雋永。
龍津前歲捧府檄。蓮花幕裏低紅額。
氣壓孫郎帳下兒、名冠王家座中客。
孤雲戀岫鳥戀巢。一錫飄然歸梵寮。
石鉢銅瓶足生計、松關蘿逕堪逍遙。
毗耶居士病消渴。來臥維摩方丈室。
秋花錦石厭搜尋、愛看扶桑紅浴日。
相逢問我苦何事。半世沈酣名與利。
洗心何不學參禪、了盡人間老病死。
疏燈細雨客夢斷。風捲驚濤掀枕畔。
佛香燒罷磬聲沈、天外猿啼知夜半。
怊悵山門亦別離。明朝拂曙擲筇枝。
何人更訪圓通境、銀海連空月一片。

흥에 겨워

感興

1.

한밤에 일어나 사방을 바라보니
갠 하늘에 별이 걸려 있네
어둔 바다에 눈보라 파도가 으르렁대고
건너려 해도 바람이 너무 세구나
젊음이 몇 때나 지탱할 건가
근심에 잠겨 사람이 늙어 가네
어찌하면 죽지 않는 선약을 얻어
난새 타고 삼신산을 노닐어 보랴

中夜起四望、　　　晨辰麗晴昊。
溟波吼雪浪、　　　欲濟風浩浩。
少壯能幾時、　　　沈憂使人老。
安得不死藥、　　　乘鸞戲三島。

2.
그 옛날 금화성에서
임금의 말씀을 친히 받들었었지
왕궁에서 숙직할 땐 푸른 비단에 누웠고
누각의 종소리가 맑은 새벽을 흔들었었지
자연으로 돌아갈 생각 이미 이루어지니
벼슬에서 미련도 적어지누나
돌아가 작은 숲속에 숨어
사립문 닫고 원숭이나 새와 짝하리라

疇昔金華省、	親承鳳凰詔。
禁直臥靑綾、	樓鍾動淸曉。
雲羅計已成、	軒紱情還小。
歸去隱少林、	巖扉伴猿鳥。

죽월헌에서

竹月軒

그대는 못 보았던가, 왕휘지가 창가의 대나무를 흔드는
바람소리 좋아하던 것을
또 이태백이 술잔 들고 저 밝은 달에게 묻던 것을.
달 바라보면 번거롭던 마음도 고요해지고
대 심으면 티끌세상과도 발 끊게 된다네
그대의 집엔 달도 보고 대도 심었으니
번거로운 마음 세속의 티끌 모두 씻어 주었네
으스스 귀신 소리가 저문 숲에서 일어나고
희끗한 달빛이 나의 방을 밝혀 주네
마루에 들어오는 별빛을 앉아서 보노라니
이슬 기운 가을 소리 맑고도 서늘해라
쓸쓸하던 이 내 가슴 얼음처럼 맑아지니
두 늙은이를[1] 불러내어 무릎이라도 꿇리고 싶네
대숲속 집에서 휘파람이나 길게 불며
계수 향기 끌어안고 하늘복숭아를 먹고 싶어라
주인이야 오건 말건 물어서 무엇하랴
대나무를 헤치고서 달빛을 보리로다

■

1) 대나무와 달을 좋아하던 왕휘지(王徽之)와 이백(李白)을 가리킨다.

君不見王子猷愛聽清風動窓竹。

又不見李謫仙把酒靑天問明月。

對月令人靜煩襟、　　　種竹令人絕塵俗。

豈如君家對月兼種竹、　煩襟俗塵俱蕩滌。

脩脩靈籟生晚林、　　　皎潔蟾光淨我室。

坐看星斗入踈櫺、　　　露氣秋聲兩淸絕。

蕭然襟韻濯氷壺、　　　喚起二老膝可屈。

我欲長嘯竹裏館、　　　懷抱桂香湌紫實。

不須更問主人來、　　　披拂琅玕看銀闕。

칠석날 밤에 회포를 읊다
七夕咏懷詩

5.
지난해 바로 오늘 절박하던 피난 시절
비단 포대기에 옥동자가 태어났었네
죽음을 탄식하던 안인의 한을[1] 누구사 알랴
무리를 떠난 자하의 슬픔까지[2] 아울러 겹쳤다오
사람의 일이 일년 사이 이다지도 변한단 말인가
이 몸은 오늘도 병으로 괴로워라

---

* 내가 계사년(癸巳年, 1593)에 명주(溟州)에 있을 때에 칠석(七夕)을 만나 율시 12수를 짓고 8일과 9일에도 그 운(韻)으로 거듭 시를 지어 편지지에 기록하였는데, 친구들이 돌려보다가 잃어버리고 말았다. 그 후 병신년(丙申年, 1596) 3월에 김여상(金汝祥)이 그 시를 써서 보여주는데, 읽어보며 마치 다른 사람의 작품을 읽는 것처럼 어리둥절해졌다. 젊을 때의 작품이어서 비록 껄끄럽긴 하지만, 고심하여 지은 것을 다 버릴 수가 없어 이렇게 초고(草藁)로 베껴 둔다. -〈칠석영회시서(七夕詠懷詩序)〉

1) 안인(安仁)은 진(晉)나라 문장가 반악(潘岳)의 자(字)이다. 그의 아내 양씨(楊氏)가 298년에 세상을 떠나자 사랑하던 아내를 여읜 슬픔을 〈도망시(悼亡詩)〉 3수로 지었다. 그 이전에는 아내의 죽음을 시로 짓던 예가 많지 않았기에, 이때부터 아내가 세상을 떠나면 도망시(悼亡詩)를 짓는 문학적 관습이 생겼다.

2) 춘추시대 공자의 제자 자하(子夏)는 아들의 죽음에 너무 마음을 상해 눈이 멀기까지 했다.

아내 여읜[3] 그리움 이 밤 따라 갑절이나 더해
직녀성[4] 마주보며 눈물 함께 흘리네

客歲玆辰避切時。　　　錦褓初脫玉獜兒。
誰知嘆逝安仁恨、　　　添作離群子夏悲。
人事一年傷變改、　　　此身今日病支離。
良宵倍覺歡情減、　　　却對天孫淚共垂.

---

3) 1592년 4월 14일에 임진왜란이 일어나자, 허균은 홀어머니 김씨와 만
삭인 아내 김씨를 데리고 피난길을 떠났다. 덕원과 곡구를 거쳐, 7월 7
일에 단천에 이르렀다. 첫아들을 낳고 임명역으로 옮겼다. 7월 10일에
아내가 죽어 임시로 묻고, 북쪽으로 피난길에 올랐다. 갓난아이도 곧 죽
었다.
4) 원문의 '천손(天孫)'은 직녀성의 별칭이다. 《사기》 권27 〈천관서(天官
書)〉에 "무녀성 북쪽이 직녀성이니, 직녀는 천제(天帝)의 여손이다.[婺
女其北織女, 織女天帝女孫也.]"라고 하였다.

스승 손곡을 위하여

絶句

7

손곡은 머리가 희어질 때까지 시만 읊었는데
백 편이 무르녹게 아름다워 유장경에 가까워졌네[1]
요즘 사람들은 겉만 보고서 비웃으며 손가락질하지만
만고에 흐르는 강물을 어찌 그치게 할 수 있으랴

蓀谷吟詩到白頭。　　　百篇穠麗近隨州。
今人肉眼雖嗤點、　　　豈廢江河萬古流。

---

1) 허균은 문과에 급제하기 이전에 지었던 시들을 모아서 《교산억기시》
(蛟山臆記詩)라는 제목을 붙였는데, 그 시고(詩稿) 마지막 장에 스승
이달을 생각하면서 지은 시가 있다. 이달이 오언절구를 잘 지었으므
로, 역시 오언시를 잘 지어 권덕여(權德興)로부터 오언장성(五言長
城)이란 예찬을 들었던 당나라 시인 유장경(劉長卿)에 견준 것이다.
유장경이 수주 자사(隨州刺史)를 지내다가 72세에 세상을 떠났으므
로 흔히 유수주(劉隨州)라고 불렀다.

선동요
仙洞謠

파랑새는 훨훨 날아 비단편지 전해주고
광한전에는 옥피리 소리 가득하네
아마도 신선 세계 꽃 같은 여인이
풍류 넘치는 허시중을 웃으며 가리켰겠지[1]

靑鳥翩翩錦字通。　　　玉簫吹咽廣寒宮。
情知洞裏如花女、　　　笑指風流許侍中。

■

1) 그의 시격(詩格)은 나와 비슷했다. 게다가 글자의 획까지도 비슷하여
참과 거짓을 가릴 수 없었으므로, 사람들이 참으로 미혹되었다. 나도 이
때문에 화류가에 드나든다는 이름까지 얻게 되었으니, 참으로 우스운
일이다. 옛사람들은 찻집이나 술집까지도 의롭게 드나들지 않았으니,
하물며 이보다 심한 일이 있겠는가. ─허균 《학산초담》
박엽은 허균보다 한 살 아래의 후배인데, 허균의 시와 글씨를 흉내내어
가는 곳마다 벽에 글을 썼다. 이 시의 마지막 구절에서 자신을 '신선세
계에서 노니는 풍류남아 허시중'이라고 밝혔으므로, 이 시는 더욱이나
허균의 시라고 의심받았다. 허균이 이 시 때문에 경박하다고 비난받자,
《학산초담》에서 자신의 시가 아니라 박엽이 흉내낸 시라고 밝혔다. 그
렇지만 이 시는 허균이 죽은 뒤에 그의 시고 《교산억기시》에 〈무제(無
題) 4〉로 끼어들기까지 했다. 이 책에는 허균이 《학산초담》에 소개한
제목을 살려서 〈선동요(仙洞謠)〉라고 밝히고, 《교산억기시》 마지막에
편집한다.

처음 중국을 다녀오면서

1597년 문과 중시(重試)에 장원급제를 하고 예조좌랑(정6품)이 되었다. 마침 정유재란의 피해가 컸으므로, 그는 중국에 원병을 청하러 가게 되었다. 그는 넉 달의 여행길에서 지은 시들을 《정유조천록(丁酉朝天錄)》이라는 제목으로 편집했다.

蛟山
許筠

광원루에 올라서
登廣遠樓

높다란 다락이 바람 받아 툭 트였기에
부름도 기다리지 않고 한가롭게 올랐네
난리 뒤에도 옛 모습 남아 있지만
시를 읊으며 내 바라보기는 오늘 아침이 처음일세
빗줄기에 씻겨서 푸른 산은 가까워지고
연기에 잠겨서 파란 들판이 아득해
먼길 나그네란 것도 스스로 잊고 있었는데
서쪽에 걸린 해가 긴 다리로 내려가네

高閣憑風逈、　　　閑登不待招。
亂離餘舊賞、　　　吟眺始今朝。
雨洗靑山近、　　　煙沈綠野遙。
脩然忘遠客、　　　西日下長橋。

백상루
百祥樓

높은 다락 하늘에 치솟고
그 아래로 긴 강이 흘러가네
겨를을 얻어 병든 몸 이끌고 나가
더위잡고 올라서 잠시 머무네
고개 들어 향로봉 올려다보니
구름 위로 울긋불긋 둥실 떠 있네
어찌하면 밀 바른 신 다듬어 신고
저 높은 봉우릴 곧장 올라 볼거나
신선의 기약은 아득기만 하고
나그네 갈 길도 시름겹기만 해라
홀로 거닐며 생각하노라니
서산에 지는 해가 주렴에 걸렸네
사람 산다는 게 백 년도 못 되는데
몸을 위해 일하는 게 너무나 번거롭구나
명예와 이익도 또한 헛된 것이니
일찌감치 그만두지 않고 무얼하고 있나
임금이 맡기신 일만 끝내고 나면
벼슬일랑 내던지고 산속으로 돌아가리라
학 탄 이에게 물어보노니
내게도 신선 세계를 허락할 건가

高樓架層霄、下有長江流。
暇日扶我病、攀陟聊淹留。
仰看香爐峯、紫翠雲外浮。
何當理蠟屐、直躋最上頭。
仙期若汗漫、黯然生覊愁。
緬想獨徘徊、西日下簾鉤。
人生無百歲、物役爲煩憂。
名利亦徒爾、奈何不早休。
行將畢王事、投紱歸巖幽。
寄語鶴上人、肯許仍丹丘。

전문령 고개를 넘어서며
登箭門嶺

전문령 고개 위에 올라서니
비낀 해가 앞서가는 깃발을 비추네
만리 타향 머나먼 길
삼 년 전에도 이 몸은 나그네였었지
구름 끄트머리에 대륙이 열리고
물결 저 밖으론 외로운 성이 가려 있는데
백성과 벼슬아치들 아는 얼굴도 많아서
은근한 정으로 길 가득 마중나왔구나[1]

行登箭門嶺、　　斜日照前旌。
萬里他鄉路、　　三年久客情。
雲邊開大陸、　　波外隱關城。
民吏多相識、　　慇懃滿路迎。

■
1) 나는 갑오년(1594)에 자문재진관(咨文齎進官)의 자격으로 요동(遼東)
　 에 갔다가 돌아와서 허급사(許給事)를 위한 접반사(接伴使) 윤국형(尹
　 國馨)의 종사관(從事官)이 되어 무려 넉 달이나 의주(義州)에 머문 적
　 이 있었으므로 이 시에 언급한 것이다. (원주)

장진보 관운장의 사당에서

壯鎭堡關王廟

문 앞의 낡은 빗돌은 이끼 속에 누웠는데
쓸쓸한 숲속에 사당 하나가 있구나
집 모퉁이의 깃발은 저녁 햇살에 빛나고
울타리 넘어 삼나무 전나무는 처량한 바람 소리를 내네
단청 입힌 그림벽은 구름과 천둥 굉장하고
향불 타는 빈 사당에 괴물이 웅장하구나
지전을 손에 잡고 원한 맺힌 혼백을 부르지 마오
두견새 피나게 울어 들꽃이 붉어졌다오[1]

門前古碣臥苔中。　　蕭颯叢林一畝宮。
殿角幡幢明夕照、　　墻頭杉檜響凄風。
丹靑畫壁雲雷壯、　　香火空堂鬼物雄。
莫把紙錢招怨魄、　　杜鵑啼血野花紅。

---

1) 사당 안에 붉은 꽃이 있는데, 우리나라의 진달래꽃(杜鵑花)과 비슷하였
   다. 그래서 마지막 구절에 그 말을 한 것이다. (원주)

행산에서

杏山

먼 길 나그네 시름겨워 잠도 못 드는데
초가을의 서늘함이 구레나룻 사이로 스며드네
기러기 소리는 하늘 밖으로 멀리 사라지는데
벌레 울음소리는 밤 깊어갈수록 더욱 슬퍼라
공훈을 세우기에는 때가 벌써 늦었고
고기잡이나 나무꾼이 되려 해도 또한 늦었다오
일어나 내다보니 은하수가 한 바퀴 돌았고
새벽 나팔소리가 성벽을 울리네

遠客愁無睡、　　新涼入鬢絲。
雁聲天外遠、　　蟲語夜深悲。
勳業時將晚、　　漁樵計亦遲。
起看河漢轉、　　曉角動城埤。

백이 숙제 사당에서

夷齊廟次使相韻

유상은 어느 해에 만들어졌나
풍도는 백대 뒤에도 오히려 맑구나.
그 누가 알리, 말고삐를 잡고서 간하던 일도[1]
임금자리 마다한[2] 그 심정인 줄
처마 기둥에는 단청이 빛나고
봄 가을엔 제사가 이어지네
난하[3]의 물은 맑기도 해서 바닥 보이니
위천 이름 말하기도 부끄러워라[4]

■

1) 주나라 무왕(武王)이 은나라 주왕(紂王)을 칠 때에 백이와 숙제가 무왕
   의 말고삐를 잡고, "신하로서 임금을 치는 것은 충이 아니다"고 간했다.
2) 고죽군(孤竹君)이 작은아들 숙제를 후계자로 정하고 죽자, 숙제가 형
   백이에게 그 자리를 사양하였다. 백이가 아버지의 명을 존중하여 달아
   나자, 숙제 역시 뒤따라 달아났다.
3) 난하는 백이 숙제의 사당이 있는 곳이고, 위천은 무왕을 돕던 강태공이
   낚시질하던 곳이다.
4) 이 시를 당시에는 끝 구절이 적당하다고 여겼다. 그러나 양송천(梁松
   川)의 시를 보니 "서산(백이 숙제가 고사리를 캐어 먹다 굶어 죽은 수양산)의
   높은 절개 평생 두고 우러르니, 난하가 위천보다 낫다는 걸 다시금 깨닫
   네. [平生景仰西山峻 更覺灤河勝渭川.]"라는 구절이 있었다. 이 두
   구절이 모르는 사이에 같아졌는데, 송천의 시가 더욱 높다. 나의 시를
   마땅히 빼내어 버려야겠지만, 우연히 일치되었기 때문에 그대로 둔다.
   (원주)

像自何年設、　　風猶百代淸。
誰知扣馬諫、　　亦出讓君情。
殿宇丹靑煥、　　春秋薦祀明。
灢河澄徹底、　　羞說渭川名。

일년 밝은 달빛이 오늘 밤에 으뜸이라

十五夜使示以五言絶句七篇用一年明月今宵多
爲韻仍奉和

2.

가을 바람 계절을 바로 만나니
하늘 가득 금물결이 일렁이누나
밤들며 더더욱 희고 깨끗해
올해 들어 맑은 그림자 제일이어라

正値秋風節、　　　金波漲滿天。
夜闌偏皎潔、　　　清景最今年。

4.

그림자를 끌며 뜨락을 거니노라니
차가운 달빛이 뼈 속에 사무치네
이태백에게 전할 말 있기에
술잔 잡고 달에게 다가가 물었지

携影步中庭、　　　寒光徹人骨。
傳語李謫仙、　　　把酒來問月。

5.

술을 마주하니 맑은 빛이 더욱 아까워
나그네 마음이 서글퍼지네
예부터 사람마다 저 달 보았지만
그 누가 이제까지 남아 있는가

對酒惜淸景、　　　愴然傷客心。
古來人望月、　　　何者到如今。

6.

밝은 달은 내 고향도 마찬가지라
집에 있는 사람도 시름겹겠지
하늘 끝에서 이 밤 지새는 신세
만리 나그네 가엾게 여기겠지

故國亦明月、　　　居人愁寂寥。
應憐萬里客、　　　天畔度今宵。

요동에 이르러 아내의 편지를 받아 보고
至遼東見家書

오랜 나그네길에 고향 소식을 받으니
즐겁기가 마치 집에나 온 듯하구나
임금께선 예같이 서울에 계시고
여러 장수들도 제대로 싸우고 있다네
두보는 편지 글자 하나가 천금¹⁾ 같다 했지만
헤어져 있으면²⁾ 한 글자도 오히려 많아라
오직 안타깝기는, 아내가 병들었다고 하는데
나그네 된 이 몸은 바다 서쪽 끝에 있다네

久客見鄕信、　　　歡然如到家。
君王猶在鎬、　　　諸將正橫戈。
杜老千金重、　　　河橋一字多。
唯憐萊婦病、　　　客寓海西涯。

■
1) 두보의 시 〈춘망(春望)〉에 "봉화가 석 달을 잇달아 오르자, 집에서 보낸
   편지가 만금이나 나가네.[烽火連三月, 家書抵萬金.]"라고 하였다.
2) 원문의 '하교(河橋)'는 황하(黃河)의 다리인데 벗과 이별하는 곳을 뜻
   한다. 한나라 이릉(李陵)이 흉노의 땅에서 소무(蘇武)와 이별하면서 지
   은 〈여소무(與蘇武)〉 시에 "손을 잡고서 하수의 다리에 올랐네. 그대는
   저물녘 어디로 가시는가.[携手上河梁, 遊子暮何之.]"라고 한 구절에
   서 유래하였다.

나의 길은 갈수록 어렵기만 하구나

중국에서 돌아와 병조좌랑(정6품)이 되었다. 그가 맡은 일은 의주를 오고 가며 명나라 장군을 접대하는 일이었다. 그래서 한 해에 두 차례나 평안도를 돌아다닌 적도 있었다. 두세 차례 병조좌랑의 일을 마치고 황해도사(종5품)로 승진했지만, 그곳에서도 그는 늘 떠돌아다녔다. 다시 남쪽으로 북쪽으로 떠돌아다닐 일만 맡겨졌다.

蛟山
許筠

막부에서 일이 없어 우린의 각야 운에
차운하여 회포를 서술하다

幕府無事用于鱗閣夜韻自遺

1.
붓으로 애오라지 시름을 달랜다지만
돈을 준다고 어찌 즐거움을 사랴
인정이라는 게 가는 곳마다 쓸쓸키만 하니
나의 길은 갈수록 어렵기만 하네
밤 깊어가며 은하수도 어두워지고
산이란 산마다 눈이 내려 차가운데
낮은 등잔불만이 내 믿음직스런 벗이라
옛책을 밝게 비춰보이게 하네

彩翰聊題恨、　　金錢豈卜懽。
世情偏落莫、　　吾道日艱難。
永夜星河暗、　　千山雨雪寒。
短檠吾石友、　　來照古書看。

---

* 우린은 명나라 시인 이반룡(李攀龍, 1514~1570)의 자이고, 호는 창명
(滄溟)이다. 《고금시산(古今詩刪)》을 편찬하였다.

2.

길이 막혔다 해서 한스럽지는 않아라
나랏일이 힘들다고야 어찌 말하랴
나야 늘 떠도는 신세라지만
글재주는 남의 상도 빼앗던[1] 예전 그 솜씨
밤 깊을수록 불꽃은 짧아만 가고
서리 쌓이며 호각소리 더욱 드높아라
선비들은 병들었다고 그 누가 말했는가
나의 시가 이뤄지면 기(氣)가 그 안에 호방한데

窮途非有恨、　　王事敢言勞。
身世長漂梗、　　才名舊奪袍。
夜遙燈焰短、　　霜重角聲高。
誰道書生病、　　詩成氣自豪。

■
1) 당나라 측천무후(則天武后)가 용문(龍門)에서 놀다가 시종신들에게 시
   를 짓도록 명하였다. 좌사(左史) 동방규(東方虬)가 가장 먼저 시를 짓자
   측천무후가 그에게 금포를 하사하였는데, 뒤이어 바친 송지문(宋之問)
   의 시를 보고는 감탄한 나머지 동방규에게 내렸던 금포를 도로 빼앗아
   송지문에게 하사하였다. 후에 이를 '탈금(奪錦)' 또는 '탈포(奪袍)'라 하
   여 시재(詩才)가 매우 뛰어난 것을 뜻하는 말로 썼다.《구당서(舊唐書)
   권193 송지문열전(宋之問列傳)》

설을 맞으며
守歲

묵은해는 차츰 다 없어져 가고
새해는 새벽 따라 찾아오는데
세월이란 참으로 아까운 거라서
나그네 몸 더욱더 슬프기만 해라
거문고를 뜯고 또 뜯으며
향기론 술을 잔에 넘치도록 따른다지만
이튿날이면 내 나이도 벌써 서른이라서
쇠잔함과 병약함이 번갈아 나를 넘나드네

舊歲隨更盡、   新年趁曉來。
光陰眞可惜、   客子轉堪哀。
寶瑟頻移柱、   香醪正瀲杯。
明朝已三十、   衰病兩相催。

대정강을 건너며

大定江作

말을 몰아 긴 강을 건너노라니
시름겹게 들리는 사공들 노래
여울 소린 가을이라 더욱 빠르고
나뭇잎은 늦은 철에도 아직 많구나
돛단배는 숲 저 너머로 떠내려가고
국경의 기러기는 서리 앞서 지나가는데[1]
올해에 다시 역말을 타게 되었지만
내 뜻대로 안 된다 해서 원망하지 않으리라

驅馬涉長河。　　愁聞勞者謌。
灘聲秋更駃、　　木葉晚還多。
樹外江帆進、　　霜前塞雁過。
今年再乘傳、　　不敢怨蹉跎。

■
1) 이손곡(李蓀谷)이 말하기를 "중간의 두 연구(聯句)는 두보(杜甫)와 같
   고 또 맹호연(孟浩然)·잠삼(岑參)과도 같다"고 하였다. (원주)

철산강을 건너며

渡鐵山江

해가 질 무렵 옛 나루에 다다르니
가을바람 속에 나 홀로 서 있구나
검푸른 물결은 남으로 빠르게 흘러내리는데
가을빛은 북으로부터 많이 왔구나
한 해가 벌써 다 되었다고 하니
고향집 뒷동산은 지금쯤 어찌 되었을까
흐르는 물 건너다가 갑자기 서글픈데
강물 위에는 뱃노래만 있구나

落日臨古渡、　　西風人獨過。
暝波南下疾、　　秋色北來多。
徂歲已云盡、　　故園今若何。
中流忽怊悵、　　江上有漁歌。

의주에서

義州

한 해에 두 번이나 여기 왔더니
마중 나온 관리들 보기도 부끄러워라
높은 곳에 오를 틈을 얻어
멀리 내다보니 시 지을 맘이 일어나네
물결 저 너머 중국 땅은 커다랗고
술잔 앞의 저 바다는 넓기만 한데
머뭇거리며 초승달을 기다리노라니
옷소매에 닿는 이슬이 서늘하구나

一歲重來此、　　慙看候吏迎。
憑高聊暇日、　　眺遠且詩情。
波外中原大、　　樽前渤澥平。
留連待初月、　　衣袖露華淸。

포은 선생의 옛 집을 지나면서
過圃隱舊宅歌

포은선생 고려 말에 사셨으니
충절도 늠름할사 어느 누가 빼앗으랴
어찌 성리학만을 전했겠는가
조정에 선생 계실 땐 나라도 살았었네
송악산의 왕기(王氣)는 오백년에 끝이 나고
금척1)이 하룻밤에 수강궁으로 내려왔지만
선생께선 큰 띠 띠고 얼굴빛도 안 변한 채
호랑이가 깊은 숲에 도사린 듯 앉으셨네
선죽교 다리 위에 한 줄기 피 뿌리시자
그 이름 우뚝 솟아 서산2)과 같았었네
도성이 남으로 옮겨 조정과 저자는 비었지만
옛 사당의 향불은 아직도 피어오르네
사내3) 형을 따라 집터를 찾아보니
담장은 무너지고 풀덩굴만 엉켜 있네

■
1) 태조 이성계가 건국하기 전에 꿈을 꾸었는데, 신선이 나타나서 금척을
주었다. 그 뒤에 이를 기리기 위해 몽금척(夢金尺)을 가지고 춤추는 금
척무(金尺舞)가 생겨났다.
2) 백이 숙제가 은나라에 절개를 지키기 위해 고사리를 캐어 먹다 굶어 죽
은 수양산을 가리킨다.
3) 개성에 살고 있던 허균의 친구 안경창(安慶昌)의 호이다.

산바람 불고 노을도 스러지자
어두운 안개가 숲을 덮고 새만 슬피 우네
옛일이 서글퍼서 내 눈물을 닦았네
어진 이에겐 복을 주어야지 하늘이 어찌 취하셨소
사내의 한번 죽음 벗어나긴 정말 힘드니
어차피 죽을진대 충의에 바치리라
그대는 못 보았나. 삼군부 안에 창칼 세워 놓고
왕자의 차례를 바꿔 하늘을 거역한 짓을
일을 꾸미자마자 사회⁴⁾는 죽었으니
다리 가운데 맞아 죽은 것이 사람의 재앙은 아니구나⁵⁾

■

4) 남조(南朝)시대 송나라 사람인데, 소제(少帝)가 즉위한 뒤 중서령(中書
   令)이 되어 서연지(徐羨之) 등과 국정을 돕다가, 얼마 뒤에 폐립(廢立)
   하였다. 문제(文帝)가 즉위하여 서연지 등을 베므로 그도 어쩔 수 없이
   군사를 일으켜 반기를 들었지만, 마침내 패하여 처형되었다. 여기선 정
   도전을 비유한 것이다. (원주)
5) 손곡(蓀谷)이 평하길 "삼봉(三峰 정도전)의 혼이 있다면 마땅히 혀를 내
   두르며 자기의 죄를 수긍할 것이다"고 하였다. [蓀谷云, 三峯有靈, 當
   吐舌, 服其罪矣.] (원주)

圃隱先生在麗末。
豈唯理學傳不傳、
神崇王氣五百終、
公也垂伸不動色、
善竹橋頭一腔血、
城邑南遷朝市空、
我從四耐尋宅基、
山風蕭蕭落日黑、
悄然愴古拉我淚、
男兒一死固難逃、
君不見三軍府裏羅劍鋩。
締構纔畢謝晦死、

忠節凜然不可奪。
公在巖廊國幾活。
金尺夜下壽康宮。
隱若虎豹蹲深叢。
名與西山並嶭崒。
遺祠香火猶芬苾。
頹垣野蔓生籬籬。
暝煙冪樹啼禽悲。
仁者必祿天何醉。
寧欲將身徇忠義。
忘君易嫡違天常。
中橋暴死非人殃。

임진강 나루에서

道中

구름과 산 아득해 돌아가지 못하고
벼슬살이 삼년이 말발굽 먼지 속에 묻혔네
남북으로 오가다 보니 이 가을도 벌써 깊어
황혼의 임진강을 차마 건널 수 없구나

雲山迢遞未歸人。　　　烏帽三年沒馬塵。
南去北來秋已晚、　　　不堪殘日渡臨津。

오명제의 〈남장귀흥〉에 차운하다
吳子魚南庄歸興次韻

2

솔과 대가 줄지어선 길에 맑은 내가 낀 곳
내 집이 있는 명주 고을은 조선의 둘째 선경이라오
집을 돌아 흐르는 시냇물 소리는 다가왔다 다시 멀어지고
발을 걷으면 산 모습까지 아름답다오
집사람이 불 묻어두고 나물 뜯어다 밥을 지으면
나그네들은 맑은 이야기 즐기며 샘물 길어다 차를 끓였지
티끌세상에 갓끈 두르고 오만한 관리가 된 뒤로
몇 번이나 고향 생각하며 〈귀거래사〉를 지었던가

松關竹徑帶晴烟。　　家住溟洲第二天。
遶屋溪聲來更遠、　　捲簾山色自堪憐。
家人宿火炊籬菜、　　坐客淸談汲茗泉。
偏縛塵纓爲傲吏、　　幾將鄕思賦歸田。

＊ 오명제는 정유재란(1597)에 참전한 명나라 종군문인인데, 병조좌랑 허
균의 집에 머물면서 《조선시선(朝鮮詩選)》을 편집하였다. 그가 명나라
고향집을 생각하며 〈남장귀흥(南庄歸興)〉이라는 시를 짓자 허균이 그
시에 차운해 이 시를 지었는데, 이 시는 허균의 문집에 실리지 않고 《조
선시선》에만 실려 있다.

서담의 시에 차운하여 스님의 시권에 쓰다
題僧卷用西潭韻

솔꽃가루에 차까지 절간 음식 들고나니
티끌세상 모습으로 푸른 산 바라보기 부끄럽네
숲속 달은 둥글지 않아 덩굴길 어둡고
봉우리 구름이 갓 개어 바위 암자는 차갑구나
타향에서 벼슬하느라고 가을 들면서 더욱 늙었는데
스님 말씀 듣다보니 밤도 깊었네
한스러워라! 괴로운 내 삶이여
흰머리로 아직도 말 위를 못 떠나네

松花茗葉進僧飡。　　　愧把塵客對碧山。
林月未圓蘿逕暗、　　　岫雲初霽石樓寒。
宦遊牢落秋將老、　　　禪話留連夜向闌。
却恨勞生長役役、　　　白頭猶事馬蹄間。

■
* 서담(西潭)은 허균의 스승 이달(李達)의 호이다. 이달의 제자 유형(柳
珩)이 이달의 유고를 수집해 《서담집(西潭集)》을 편집하고, 이수광에게
발문을 받았다.
《지봉집(芝峯集)》에 〈서담집발(西潭集跋)〉이 실려 있어, 같은 시기에 허
균은 《손곡집》을, 유형은 《서담집》을 편집하면서 서담(西潭)이라는 호
도 널려 쓰였음을 알 수 있다.

이랑포
阿郎浦

넓은 바닷가에 홀로 섰는데
저무는 햇볕이 다락까지 내려와 부딪히네
연기로 덮여서 외로운 섬은 묻히고
바람이 가득 불어 늦은 배를 밀어주네
구름 너머로 중국 땅이 가깝고
물결 속으로 햇빛이 뚫고 나왔네
다락 높은 집이 신기루였음을 알았으니
저곳이 바로 봉래섬일세

獨戍臨滄海。　　斜陽下繫臺。
烟生孤嶼沒、　　風飽晚帆回。
雲外靑齊近、　　波中日月開。
層樓知蜃氣、　　彼固是蓬萊。

용연

龍淵

황주 염곡
黃州艶曲

1.
...
...
...
...

2.
...
...
...
...

3.

화아는 낮잠만 좋아하고
학아는 밤길을 걷자고 하네
밤낮을 잇달아 돌봐야 하니
어디 가서 내 님을 만날 수 있나

花娥耽晝睡、　　　鶴娥耽夜行。
相逢連晝夜、　　　何處見儂情。

4.

내가 쌍두련을[1] 사랑하면
낭군은 상사자(相思子)를[2] 사랑하네
시냇가로 빨래나 하러 갈까
길손들이 시냇가를 지나갈 테지

儂愛雙頭蓮、　　　郎愛相思子。
不如去浣紗、　　　行人在溪水。

■
1) 한 줄기 연에 두 송이 꽃이 핀 것인데, 남녀의 맺어짐을 상징한다.
2) 상사자는 둥글고 붉다. 노인들이 말하길, "옛날 어떤 사람이 변방에서
　　죽었는데, 그 아내가 그를 생각하며 나무 아래에서 죽었다. 그래서 상사
　　자라고 부르게 되었다"고 한다. 이것은 한빙(韓憑)의 무덤 위에 난 상사
　　수(相思樹)와는 다르니, 그 나무는 연리재목(連理梓木)이다. —《본초(本
　　草)》〈상사자(相思子)〉

5.
한밤중 태허루에 올라를 가서
남몰래 좋은 사내 만나려 했지
뜻밖에 호장 아전 문득 나타나
그 누가 여기 오라 일렀느냐네[3]

夜登太虛樓、 潛邀好門子。
却有上尊來、 誰人敎至此。

6.
촉땅의 성도 비단 눈이 부셔서
꽃 사이로 나비들이 날아다니네
하룻밤을 함께 잔 선물로 받아
춤출 때 입는 옷을 만들었다오

璀璨成都錦、   花間蛺蝶飛。
與儂償一宿、   裁作舞時衣。

■

흥이 다하면 이별이 온다고 서러워 마오
세상길에 험난한 곳 많은 법이라오

抱痾臥經旬、　　　積雪埋柴關。
詩老何方來、　　　使我開愁顔。
呼燈坐煥室、　　　相對岸白綸。
鄭子素脫洒、　　　尹生亦淸閑。
忘形劇笑談、　　　良夜從闌珊。
美酒壓霜臉、　　　纖歌勸雲鬟。
都忘客殊方、　　　宛疑京洛間。
寥落曙河轉、　　　蒼茫初月彎。
興極莫傷離、　　　世路多險艱。
人生處百歲、　　　侯駕難久攀。
形役豈久拘、　　　終當謝塵寰。
綠蘿有歸計、　　　未幾遊東山。

섣달 그믐

除夕

한밤중 북소리가 둥둥 들려오니
인간 세상에서 기해년을 보내는 소리일세
폭죽 터뜨려 새해를 맞는[1] 옛 습속은 없어졌지만
거문고 뜯으며 노래 부르는 것도 호화로운 잔치이지
술잔 쥔 손에 공명은 잡히지 않고
세월은 강물 따라 가는데 이불만 쓰고 누웠네
날이 밝으면 서른둘이라고 비웃지 마소
반악[2]도 이 나이에 흰 머리가 덮였다오[3]

中宵譙皷報闐闐。　　斷送人間己亥年。
爆竹頌椒無舊俗、　　按歌催瑟且華筵。
功名不入持杯手、　　歲月從消擁被眠。
莫笑明朝三十二、　　潘郞元已雪滿顚。

■

1) 원문은 '頌椒'인데, 옛날 음력 정월 초하룻날에 산초와 잣으로 빚은
 술로 조상에게 제사 지내거나 혹은 가장에게 올리고 축수하는 것을
 말한다.
2) 진(晉)나라의 시인인데, 젊었을 때부터 재주와 용모로 이름이 나자 많
 은 사람들이 그를 시기하였다.
3) 올해 9월에 처음으로 센머리를 보았기 때문이다. [今年九月始見二毛
 故云.] (원주)
 32세가 되면 센머리가 나기 시작한다고 한다.

작은 복사꽃

小桃

외딴 정원에 핀 작은 복사꽃

봄바람 불어 오니 붉기도 한데

… 지난… 늙은이 … 바라보니 …

… 봄에 …

… 小桃花

… 天涯見故人

참판 박동량에게 시를 부치며
조관 자리를 구하다
寄朴亞判年兄乞漕官

낭청의 집에는 구리 도장[1]이 오지 않겠지만
내 들으니 조관[2]의 임기가 이제 가득 찼다고 하오
수놓은 옷이나 얻어 입고 바닷가를 돌아다니다
다락 밑에서 피리소리나 들으며 매화를 즐기고 싶소[3]

銅章不到省郞家。　　　聞道漕官已熟瓜。
乞取繡衣湖海去、　　　鳳笙臺下賞梅花。

■
1) 한(漢)나라 때의 영윤(令尹)은 검은 끈을 드리워서 구리 도장을 찼다.
　여기서는 지방의 수령으로 보내는 첩지를 가리킨다.
2) 각 고을에서 세금으로 거둬들인 쌀을 서울로 운반하는 감독을 맡은 종5
　품 벼슬이다. 전함사(典艦司)에 수운판관(水運判官) 2명과 해운판관(海
　運判官) 1명이 소속되었는데, 수운판관은 경기좌도와 경기우도에 각 1
　명씩 임명되었고, 해운판관은 충청도와 전라도의 조창 업무를 관장하였
　다. 허균은 예조정랑(정5품)이었는데 싫증이 나 있었다. 그래서 친구인
　이조참판 박동량에게 이 시를 지어 보냈다.
3) 형의 이름은 동량(東亮)이고, 자는 자룡(子龍)이다. [名東亮, 字子龍.]
　(원주)
　제목 원문의 '연형(年兄)'은 과거시험에 동방급제(同榜及第)한 사람, 즉
　동년(同年)끼리 서로 부르는 호칭이다. 허균은 1589년 생원시에 합격
　하고 박동량은 진사시에 합격하였다.

스스로 탄식하다

自歎

남궁 선생은[1] 본디 어리석은데
서른두 살에 벌써 머리가 희어졌네
수레 뒤의 티끌에까지 절하던 반악을[2] 싫어하고
수놓은 옷에 절월(節鉞)을 지녔던 사상을[3] 부러워했지
길게 늘어뜨린 인장과 인끈은 누구에게 돌아갔나
요즘도 승상에게선 자주 꾸지람만 듣네
봉래산에 찾아가 학과 피리소리나 들으려 해도
봄날의 복사꽃 소식을 서왕모가 알려주지 않네
장안의 귀인들이야 모두 아는 얼굴이건만
붉은 대문이 높아서 만나볼 수가 없네
사또 자리나 하나 얻으면 하늘에 오른 듯하겠건만
약수 삼천 리가 맑아지지 않아 건널 수 없구나

■

1) 예조를 남궁이라고도 불렀다. 이때 허균은 예조정랑이었으므로, 자신을
   남궁선생이라고 부른 것이다.
2) 반악(潘岳)이 어렸을 때부터 재주가 뛰어나다고 이름났지만, 남들에게
   미움을 사서 10년 동안이나 벼슬하지 못하고 노닐었다. 반악이 아름다
   운 풍도를 지니기는 했지만 권세와 이익을 추구하는 성품이어서, 석숭
   과 함께 가밀(賈謐)에게 아첨하였다. 가밀이 외출할 때를 기다렸다가,
   그의 수레에서 일어나는 먼지를 바라보면서 절했다. 그래서 가밀이 스
   물네 벗 가운데 반악을 으뜸으로 꼽았다. 반악의 전기는 《진서(晉書)》
   권55에 실려 있다.
3) 진(晉)나라 사람인데, 여러 차례 고을 수령으로 나가서 훌륭한 업적을
   남겼다.

南宮先生
尚嫌潘岳
纍纍若若
欲向蓬山
京師貴人皆
就而乞郡如

아침에 반교원을 떠나다
早發故橋院

스스로 희롱하다

自戱

승명전에서 숙직하느라 창가에 촛불 밝히고
서까래 같은 붓을 들어 임금 말씀을 쓰네
한(漢)나라 왕궁엔 사마가 둘이라고[1] 누가 말했던가
나라에 으뜸가는 선비라 한신은 짝이 없네.[2]
해가 갈수록 비방은 불꽃처럼 내 뼈를 녹이는데
늙어가도 시 짓는 버릇은 어찌 항복할 줄 모르나
시의 근원을 어떻게 하면 얻어서 골짜기 물을 기울여
구비치며 천리 흘러 반강까지 넘치게 할까

承明夜直燭燃窓。　　曾草絲倫筆似杠。
司馬漢廷誰曰兩、　　淮陰國士豈無雙。
年來謗焰空銷骨、　　老去詩城豈受降。
安得詞源傾峽水、　　滔滔千里注潘江。

■
1) 한나라의 문장가 사마천(司馬遷)과 사마상여(司馬相如)를 가리킨다.
2) 소하(蕭何)가 한왕(漢王)에게 한신(韓信)을 천거하면서 "여러 장수는
　 쉬 얻을 수 있으나, 한신은 국사(國士)라 견줄 만한 짝이 없습니다." 하
　 였다. 한신이 뒤에 회음후(淮陰侯)에 봉해졌다. 《사기(史記) 권92 회음
　 후열전(淮陰侯列傳)》

옛 장성을 향해 떠나며

將向古長城

노령을 넘자 풍경이 문득 아름다워져
예쁜 두형풀이 골짜기 언덕을 뒤덮었네
개나리는 꽃잎 날리며 봄을 재촉하고
접동새는 피나게 울어 나그네 마음을 괴롭히네
내 몸 밖의 공명은 주든지 빼앗든지 다 내어버리고
세상에서 잘되고 못되는 것도 되어가는 대로 맡기고 살리라
내 장차 숨어살리라고 저 자연과 더불어 약속했으니
나이가 들면 벼슬도 내어놓고[1] 숲과 시냇물 찾아 돌아가리라

纔越蘆關境便佳。　　　丰茸蘅杜被溪崖.
辛夷糝蘂催春事、　　　杜宇啼冤惱客懷。
身外功名捐與奪、　　　世間榮悴任安排。
林泉有約吾將隱、　　　肯待年侵始乞骸。

■
1) 원문의 걸해(乞骸)는 늙은 재상이 그만 벼슬에서 물러나게 해달라고 임
　금에게 비는 일이다.

교외를 나서며

出郊

가을이 무르익어 들판이 즐거우니
기쁜 웃음소리가 여기저기서 들려오네
집집마다 막걸리를 기울이고
곳곳마다 누른 벼를 베어들이는구나
우습기만 해라. 밭도 없는 이 나그네는
쌀이나 꾸려고 부질없이 편지만 쓰고 있으니
성 동쪽에다 밭뙈기나 세 이랑 빌려서
언제쯤에야 밭 갈고 김도 매볼거나

秋熟郊原喜、　　　歡聲遠近聞。
家家傾白酒、　　　處處割黃雲。
可笑無田客、　　　空書乞米文。
城東借三畝、　　　何日事耕耘。

숙정헌에 몇이 모여서

小集叔正軒

설 지나도록 추위가 더욱 사납고
밤 깊어질수록 촛불은 차츰 흐려지네
노래 맑아 옥술잔 기울이고
향기가 나니 비단옷을 벗었네
세상에 있는 동안 가난과 병도 많았으니
이름 날수록 시비도 많아질 테지
오늘 저녁에는 실컷 즐겨보세
세월 지나가는 게 나는 새 같구나

臘盡寒逾苦、　　　更長燭漸微。
歌淸傾玉酒、　　　香動解羅衣。
在世多貪病、　　　徇名足是非。
歡娛且今夕、　　　遒歲劇如飛。

윤계선이 보내온 시에 차운하여
次而述見贈韻

지내온 벼슬에 녹봉도 하찮으니
시로 이름난 장원¹⁾이라고 그 누가 알아주랴
여색에 목숨까지 상했던 순찬²⁾의 일을 경계하며
샛문을 열어보냈던 왕돈³⁾을 믿고 따르리라
태산에 올라선 마음이 오히려 장했고

---

* 제목 원문의 '이술(而述)'은 윤계선(尹繼善, 1577-1604)의 자이다. 사
서, 헌납, 사헌부 지평 등을 역임하였다. 문장으로 이름났는데 특히 사
류문(四六文)에 능하였다. 《성소부부고》권17권에 허균이 지어준 묘지
명이 실려 있다.
1) 허균이 문과 중시(重試)에서 장원급제하던 1597년에 윤계선(尹繼善)
   도 역시 9월 알성시(謁聖試)에서 장원급제하였다.
2) 삼국시대 위나라 순욱의 아들인데, 조홍(曹洪)의 딸에게 장가들어 사랑
   이 두터웠다. 한겨울에 아내가 열병에 걸리자, 그는 추운 마당으로 나가
   서 자기의 몸에 추위를 묻혀 가지고 들어와 자기 몸을 아내의 몸에 맞
   대어 그 열을 식혀주기까지 했다. 아내가 죽자 얼마 뒤에 그도 죽었으므
   로, 세상에서 놀림받았다.
3) 진(晉)나라 무제(武帝)의 딸 양성공주에게 장가들어 부마가 되었는데,
   난을 평정하면서 공을 세웠지만 끝내 교만해져 반역하였다. 병들어 죽
   었지만, 그 시체까지 꺼내 처형하였다. 그가 젊었을 때에 여색을 지나치
   게 즐기다가 몸이 약해졌다. 주위에서 이를 말리자, 그는 "그쯤이야 쉬
   운 일이다"라면서 뒤에 있는 샛문을 열고 비첩 수십 명을 한꺼번에 몰
   아냈다.

진나라에 노닐고도 혀가 끝까지 남아 있었지[4]
같은 병 앓는 벗님을 가엽게 여기니
오늘부터 그대 사립문을 자주 두드리리라

官迹且微祿、　　　詩名誰壯元。
傷生戒荀粲、　　　開閣任王敦。
登岱心猶壯、　　　游秦舌尙存。
須憐同病客、　　　重肯款柴門。

4) 전국시대의 유세객 장의(張儀)가 초나라 재상과 놀다가 구슬을 훔쳤다
   는 누명을 쓰고 곤욕을 치렀다. 집에 돌아와 자기 아내에게 "내 혀가 아
   직도 남아 있는지 살펴보라"고 했다. 아내가 웃으면서 "혀가 있습니다"
   라고 하자, 그는 "그러면 되었다"고 안심했다.

벗을 그리워하며

憶友人

1.

서울엔 봄이 차츰 저무는데
하늘 끝 나그네는 아직도 돌아오지 않네
아침 들면서 높은 다락에 올랐더니
뜨락 나무들에 꽃잎 흩날리네

洛下春將晚、　　　天涯客未歸。
朝來高閣上、　　　庭樹有飛飛。

2.

봄이 간다고 그 누가 찾아오랴
외롭게 살다 보니 갑절이나 그대 그립네
아무리 문장가라도[1] 많은 병 겪고 나면
구름 넘어설 만한 글을 어찌 지으랴

春去人誰問、　　　單居倍憶君。
文園多病後、　　　那有賦凌雲。

---

1) 원문의 '문원(文園)'은 효문원 영(孝文園令)을 지낸 한나라의 문장가 사
　마상여(司馬相如)를 가리킨다.

한밤

有作

1.

가게도 불이 꺼지고 물시계 소리만 들리는데
졸리지 않아 말 타고 어둠 속을 돌아다녔네
북두칠성 자루가 돌아서고 은하수도 스러지니
밝은 달 다시 끌고서 봉래산이나 보아야겠네

塵樓燈黑漏更催。　　　騎馬惺惺暗裏廻。
斗柄漸移河漸沒、　　　更携明月賞蓬萊。

풍악기행

47편이 모두 고아(古雅)하고 청려(淸麗)하다. 높은 것은
한(漢)나라나 위(魏)나라의 풍이고, 낮은 것도 또한 개
원(開元)·대력(大曆) 사이에 끼일 만하다. 만계(晩季)에
이르러 이러한 정시(正始)의 음이 나올 줄은 생각지도
못했다. 풍악의 담무갈(曇無竭)도 또한 손벽치며 기뻐할
것이다.

― 손곡 이달

1603년 여름에 사복시정(司僕寺正)의 벼슬이 떨어지자,
그는 몇 마지기 땅이 있는 강릉으로 내려가 쉬기로 했
다. 고향 가는 길에 예전부터 소원이었던 금강산 구경
을 하며 기행시 48편을 짓고, 제목을《풍악기행》이라고
하였다.

蛟山
許筠

늙은 떠돌이 아낙네의 원망

老客婦怨

철원성 서쪽으로[1] 싸늘한 해도 저무는데
보개산은 높아서 저녁 구름이 걸려 있구나
흰 머리의 늙은 할미가 다 떨어진 옷을 입고서
사립문을 열고 나와 나그넬 맞아주네
스스로 말하길, 서울에서 여지껏 살아왔는데
가족들 다 흩어지고 타향땅에 묻혀 산다오
지난번 왜놈들이 한양성을 무너뜨릴 때
한 아들놈 끌고서 시어미 지아비 따라왔다오
발병이 나 부르튼 채 깊은 골짜기에 숨어서
밤에는 나와 밥을 빌고 낮에는 엎드려 있었죠.
늙은 시어민 병까지 들어 낭군이 업어서 걷고
가파른 산에 접어들면 쉴 겨를이 없었구요
하늘에선 비까지 내리고 밤은 아주 캄캄했는데
웅덩이는 미끄럽고 다리는 지쳐 발 옮길 곳도 없었죠
어디로부터인지 두 도적놈이 칼 휘두르며
어둠 타고 뒤를 밟아 와서는
성난 칼로 목을 내리쳐 네 조각을 내버리니
아들과 어미가 함께 죽으며 원통한 피를 흘렸다오

■
1) 허균이 유시어(柳侍御)에게 보낸 편지에서는 '동주성(철원) 동쪽'이라
고 되어 있다.

나는 어린 아들놈을 이끌고서 숲속에 숨었는데
아이는 우는 바람에 적에게 들켜 몰이꾼으로 끌려갔지요
겨우 내 한 몸 남아서 호랑이의 아가리를 벗어났지만
넋을 잃은 터라 큰 소리로 말도 할 수 없었죠
날이 밝아서야 가보니 두 해골이 남아 있는데
시어미의 주검과 낭군의 주검을 가려낼 수가 없었다오
까마귀와 솔개가 창자를 쪼고 개들이 뼈를 씹는데
들것과 가래로 덮으려고 했지만 부탁할 사람 누가 있나요
애를 써가며 간신히 석 자 구덩이를 파고는
남은 뼈를 거두어서 무덤을 만들었지요
외로울사 이 내 그림자여 돌아갈 곳이 있나요
이웃 아낙네가 가여워하며 서로 의지하자 하더군요
주막에 얹혀 살며 물 긷기와 절구질
남은 밥찌낄 먹고 다 떨어진 옷을 입었다오
고단한 생활로 속태우기 십이 년
얼굴은 검어지고 머리는 다 빠진데다 허리까지 굳어졌지요
요즘 서울서 온 소식을 들으니
부모 잃은 아들놈이 왜놈들 속에서 살아왔다더군요
궁집에 들어가 머슴이 되었는데
옷상자엔 비단이 남아돌고 쌀창고도 가득 찼답니다
색시까지 맞아 집을 짓고 살림도 넉넉하다던데

타향에서 떠돌이하는 에미쯤은 잊은 게지요
아이를 낳아 다 자랐지만 힘이 되지 못하니
한밤중에도 생각할수록 뺨에 눈물이 흘러내린다오
내 꼴이야 벌써 쭈그러지고 아들놈은 어른이 되었으니
비록 만난다 해도 어찌 서로 알아볼까요
늙은 내 몸이야 구렁에 떨어져도 할 말이 없지만
어찌하면 네 술을 얻어다가 아비 무덤에 부을까
아아! 어느 시절인들 난리가 없었으리요만
이 몸처럼 원통하기는 처음일레라

東州城西寒日曛。　寶盖山高帶夕雲。
暗然老嫗衣藍縷。　迎客出屋開柴戶。
自言京城老客婦、　流離破産依客土。
頃者倭奴陷洛陽。　提携一子隨姑郎。
重跡百舍竄窮谷。　夜出求食晝潛伏。
姑老得病郎負行。　蹠穿崢山不遑息。
是時天雨夜深黑。　坑滑足酸顚不測。
揮刀二賊從何來。　闇暗躑躅如相猜。
怒刃劈胠脰四裂。　子母幷命流冤血。
我挈幼兒伏林藪。　兒啼賊覺驅將去。
只餘一身脫虎口、　蒼黃不敢高聲語。

明朝來視二骸遺、不辨姑屍與郎屍。
烏鳶啄腸狗囓骼、藁稈欲掩憑伊誰。
辛勤掘得三尺窑、手拾殘骨閉幽坎。
煢煢隻影終何歸。隣婦哀憐許相依。
遂從店裏躬井臼、餧以殘飯衣弊衣。
勞筋煎慮十二年。面䵵髮禿腰脚頑。
近者京城消息傳、孤兒賊中幸生還。
投入宮家作蒼頭。餘帛在笥囷倉稠。
娶婦作舍生計足、不念阿孃客他州。
生兒成長不得力。念之中宵淚橫臆。
我形已瘁兒已壯、縱使相逢詎相識。
老身溝壑不足言。安得汝酒澆父墳。
嗚呼何代無亂離、未若妾身之抱寃。

명연

鳴淵

그늘진 웅덩이를 엿보니 까마득히 깊어
거뭇한 물안개가 물굽이를 둘러쌌네
그 밑에 천년 묵은 이무기가 있어
꿈틀꿈틀 깊은 곳에 또아리치고 사네
때때로 흰 기운 토해내면
흩어져 연기 아득할 뿐이지만
언젠가는 천둥과 비를 일으키며
날아서 신선세계로 올라가리라

陰竇窺窅篠、　　幽幽黯環灣。
下有千歲虯、　　佶栗深處蟠。
有時吐白氣、　　霏作煙漫漫。
何時雷雨雨、　　飛上瑤臺端。

만폭동

萬瀑洞

층층 벼랑 짜개져 골을 이루니
온갖 냇물이 그 안에서 용솟음치네
뿜는 물결 하루 내내 넘실거리니
뿌려대는 물방울이 언제나 자욱해라
처음에는 푸른 벼랑 사이 벌어져
한 쌍의 하얀 용이 날아간다고 놀랐더니
다시 보자 하늘에 틈이 벌어져
구슬 무지개 거꾸로 걸린 것일세
천둥이 대낮에 일어나더니
그 바람이 널린 돌에 부딪치네
이 못 저 못 굽이돌며 물을 모으니
뛰는 물결 지척이라 서로 맞닿네
장한 구경 내 마음을 떨리게 하니
거룩할사 조물주의 공이로구나
사강락은 석문에 노닐었었고
이태백은 여산의 봉우리를 바라봤었지[1]

■

1) 이백(李白)의 〈여산 폭포를 바라보며[望廬山瀑布]〉라는 시에 "햇빛이
향로봉 비추어 붉은 놀이 생기자, 멀리서 보니 폭포가 냇물에 거꾸로 걸
렸네.[日照香爐生紫煙, 遙看瀑布挂前川.]"라고 하였다.

모를레라 천년이 지난 뒤에는
어느 곳이 이곳과 겨룰는지를

兩峽擘層崖、　　百川潰其中。
噴流日澒洞、　　濺沫常溟濛。
初驚蒼壁坼、　　飛出雙白龍。
細看天罅破、　　倒掛萬玉虹。
轟霆當晝起、　　亂石薄雷風。
潭潭曲相潨、　　咫尺跳波通。
壯觀駴我心、　　韙哉造化功。
康樂游石門、　　謫仙望爐峯。
未知千載後、　　此境誰雌雄。

원통사
圓通寺

사자봉 지름길을 따라
원통사에 오르는 동안
등 덩굴 가시가 내 옷에 얽히고
칡덩굴은 내 신을 잡아다녔네
가마를 재촉하여 여울을 건너니
단풍잎이 빈 웅덩이를 가득 채웠네
구름 낀 해는 키 큰 숲을 비추고
바람 설핏 불어와 아지랑이를 걷었네
문에 들어서자 늙은 중이 마중나와
나를 보더니 반가운 빛이 되었네
작은 형님을 따라 노닐며
뛰어난 곳 찾아 신비 속을 헤맸다네
두루마리 꺼내어 시를 보여주는데
읽어가며 거듭 눈물 닦았네
이다지 슬픈건가 형님 잃은 슬픔이
아득한 구름 바라보며[1] 어머니를 생각하네[2]

■

1) 당나라 때 적인걸(狄仁傑)이 타향에 갔다가 고향 쪽 구름을 바라보며
   그 아래 계시는 부모를 생각했다.
2) 하나의 삶과 하나의 죽음으로 말이 잘 배열되었다. [一生一死排語得
   好.] (원주)

取徑獅子峯、　　　得造圓通寺。
藤刺罥我衣、　　　香葛漾我履。
催藍涉石湍、　　　赤葉滿虛隩。
雲日映喬林、　　　嵐霏捲微吹。
入門老僧迎、　　　見我顏色喜。
言從二兄游、　　　探勝窮靈閟。
出示軸中詩、　　　讀之還拭淚。
哀哀斷絃情、　　　杳杳看雲思。

구정봉

九井峰

안쪽 산은 희고 교묘한데
바깥쪽 산은 푸르고 웅장해라
교묘한 솜씨는 사람의 힘을 빈 듯싶고
웅장한 모습은 참으로 하늘 공력일세
아침 일찍 구정봉에 올라
내려다보니 마음의 눈까지 열렸지만
두 산의 모습이 서로 달라
어느 게 낫고 못하다 말할 수 없네
바다 안개가 자욱이 깔렸는데
동쪽에 돋은 해는 벌써 골짜기 위에 올라
연기와 노을 번득이며 비추고
풀과 나뭇잎들도 푸르게 반짝이네
여러 골짜기들이 다투어 솟아
파도같이 큰 바람을 불어 주는데
높은 봉우리들이 깊은 못을 에워싸고
늙은 이무기가 그 가운데 서려 있네
내 언젠가 여기로 집을 옮겨
못 속에 잠겨 용으로 화하리라
옛 자취를 스님이 말해 주니
꿈틀거리던 자취를 아직도 찾아볼 수 있네
짙은 물안개가 가랑비로 바뀌고

한낮인데도 구름이 덮여 어둑하기에
바로 눈앞에 비로봉이 있었건만
내 지팡이를 옮겨 갈 수가 없었네
흥도 다 스러져 가파른 골짜기를 내려갔더니
수풀 끄트머리에 절간이 나타났네
쓰러져 낮잠을 한숨 붙인 새
꿈속에서 이 몸이 백옥루에 올랐네[1]

內山白而巧、　　外山蒼而雄。
巧若費人力、　　雄則眞天功。
晨登九井峯、　　俯眺心眼通。
兩山各有態、　　孰日有汚隆。
東暾已出谷、　　海霧含沖瀜。
煙霞閃輝映、　　草樹明蔥蘢。
衆壑爭起伏、　　如濤扇長風。
嵌巓羅九泓、　　老蛟蟠其中。

■

1) 송(宋)도 아니요 당(唐)도 아니요 육조(六朝)도 아니니, 스스로 한 체
(體)를 이루어 농후하고 창고(蒼古)하여 성문(星門)의 골짜기를 묘사함
에 아쉬움이 없다. [非宋非唐非六朝, 而自成一體, 穠厚蒼古, 寫星
門各無遺恨.] (원주)

101

幾年移宅去、　　潛淵化爲龍。
舊迹僧解說、　　尚辨蜿蜒蹤.
濃靄變微雨、　　日午雲冥濛。
咫尺毗盧頂、　　不許移吾筇。
興闌下絶矼、　　林梢露紺宮。
頹然寄晝睡、　　夢入瑤臺空。

도솔원

兜率院

어떤 스님이 한창 정진하고 있었다

도솔암은 이름난 절간이니
아미타불 부동존[1]을 모신 곳일세
어떤 노스님께서 귀의하시어
편안히 이 산문에서 쉬고 계시네
이끼 낀 벽에는 해진 옷이 걸려 있고
동이에는 찬 샘물이 담겨 있네
내 와서 불법을 물으려 하자
두 손만 모들 뿐 아무 말 없네

兜率知名寺、　　彌陀不動尊。
歸依何老宿、　　宴息此山門。
破衲懸苔壁、　　寒泉汲瓦盆。
我來欲問法、　　合掌了無言。

---

1) 부동명왕(不動明王), 즉 대일여래(大日如來)가 모든 악마들에게 항복 받기 위해 몸을 변모시켜 분노한 모습을 나타낸 형상이다.

경고에서 정생과 헤어져 산을 내려오다

耕庫別鄭生斗源仍下山

산을 내려온 지 하루도 못 되었건만
한 해가 지난 듯 산이 그리워라.
다시 올라볼까 생각했지만
세상 그물에 얽혀 어쩔 수 없네
벗님 아득히 가시는 모습
흘러가고 또 흘러가는 낙양의 냇물 같구나
나그네 길에서 나그네를 보내게 되니
내 마음 더더욱 처량해
열 걸음에 아홉 번은 고개 돌리고
다섯 걸음에 세 번은 채찍 멈추네
물끄러미 절간을 바라다보니
불전은 구름 속에 가려 있구나
서글피 바라봐도 보이지 않아
가을바람 부는 앞에 나 홀로 섰네

■
* 정생(두원)은 단학에 조예가 깊은 자이다. [生深於丹學者.] (원주)

下山未一日、　　懷山如隔年。
擬欲更攀陟、　　奈被塵網牽。
迢迢故人去、　　去去洛陽川。
客中復送客、　　我懷益悽然。
十步九回首、　　五步三駐鞭。
凝睇梵王宮、　　殿寮藏雲煙。
悵望不可見、　　獨立涼風前。

사촌에 이르다

至沙村

걸음이 사촌에 이르니 얼굴이 환해져
주인이 돌아올 날을 교산은 기다리고 있었네
홍정에 홀로 오르니 하늘이 바다에 이어져
내가 봉래산 아득한 곳에 있구나

行至沙村忽解顏。　　　蛟山如待主人還。
紅亭獨上天連海、　　　我在蓬萊縹緲間。

나는 나름대로 내 삶을 이루겠노라

1604년에 그토록 바라던 군수 벼슬을 얻었다. 그러나 토호의 버릇을 고치려다가 뇌물을 받은 황해감사에게 꾸지람을 듣고는 벼슬을 내버렸다. 두 해 뒤에 삼척부사가 되었지만, 부처를 섬긴다는 이유 때문에 탄핵받고 쫓겨났다.

蛟山

許筠

군에 이르러 화학루에 오르다

到郡登化鶴樓

아전들이 흩어지자 빈 뜰이 고요해
다락에 오르니 마음 멀리 트여라
사방의 산들은 마음 모두어 절하고
강물 한 줄기가 혼자 얼크러지며 흐르네
저녁 새는 사람 맞아 이야기하고
가을꽃은 마음껏 피었는데
들바람 흠뻑 맞으니 온몸이 홀가분해져
내가 바로 사또1)라는 걸 잊어버렸네

吏散空庭靜、　　登樓豁遠情。
四山如拱揖、　　一水自紆縈。
夕鳥迎人語、　　秋花盡意明。
脩然多野趣、　　忘却擁雙旌。

■
1) 원문의 '쌍정(雙旌)'은 감사(監司)가 가지고 가는 한 쌍의 깃발로, 당나
　라 때 절도사(節度使)에게 쌍정과 쌍절(雙節)을 지급하여, 정(旌)으로
　포상하고 절(節)로 처벌하게 했던 데서 유래한다.

민희안의 첩 노래를 들으며

聽仁伯姬謳

변방의 곡조라 소리 아주 장하고
오랑캐 계집이라 모습 더욱 기이하구나
맑은 목소리는 달을 흔들어 괴롭히고
울림도 빼어나 구름을 넘나드네
처절할사 〈사미인곡〉의 가락이여
서글플손 〈장진주사〉의 글이라
그대를 붙잡고 새벽까지 노래했지만
시름겨운 눈썹을 찡그리지 말게

塞曲聲偏壯、　　　胡姬貌更奇。
淸音揚月苦、　　　逸響度雲遲。
凄絶思君曲、　　　悲凉勸酒詞。
留君歌至曙、　　　遮莫斂愁眉。

■
* (인백은) 민희안(閔希顔)이다. 그의 첩은 창성(昌城) 사람인데, 송강가
  사(松江歌詞)를 잘 불렀다. [閔希顔也. 姬, 昌城人, 最善唱松江詞.]
  (원주)

시름을 부치다
寓懷

2.
논밭은 거의 거칠어졌고
백성은 반나마 죽어 버렸네
세금은 자주 거둬들여야 하는데
가뭄이 든데다 황충이까지 들끓네
행정에서야 어찌 뛰어난 솜씨를 뽐내랴
마음은 도리어 고향만 생각하네
이천 석 녹봉이 공연히 부끄러우니
옛날의 어진 수령을 따르지 못하겠구나

田畝略抛荒。　　人民半死亡。
征徭仍聚斂、　　水旱更蟲蝗。
政豈推高第、　　情還憶故鄕。
空慙二千石、　　不逮漢循良。

이정이 오다

懶翁來

봄바람 따라서 손님이 오니
묵은병이 갑자기 나을 듯하네
사상[1]의 춤도 출 줄 아는
우리는 본디 고양의 술꾼[2] 아니던가

■
* 나옹은 화가 이정(李楨)의 호인데, 자는 공간(公幹)이다. 증조부 소불
(小佛), 할아버지 배련(陪連), 아버지 숭효(崇孝)로 이어지는 화원 집안
에서 태어났다.
1589년 장안사(長安寺)를 개축할 때 벽에 산수와 천왕도(天王圖)를 그
렸다. 최립(崔岦)에게서 시문을 배웠고, 허균(許筠)을 비롯하여 심우영
(沈友英)·이경준(李耕俊) 등과 가깝게 지냈다. 가난하여 남에게 얹혀
살았으나 성격이 고매하고 의리가 강했으며, 아름다운 산수를 보면 집
에 돌아가는 것을 잊어버렸다.
술을 매우 좋아하여 평양에서 과음으로 30세의 짧은 생애를 마쳤다. 허
균에 의해 당대 최고의 화가로 손꼽혔으나, 천성이 게을러서 그림을 자
주 그리려 하지 않았기에 세상에 전하는 작품이 드물다. 전통적인 안견
파(安堅派) 화풍과 당시 유행하던 절파(浙派) 화풍, 새로 유입된 남종
화풍을 융합한 절충적 경향을 보였다. 국립중앙박물관에《산수화첩》이
소장되어 있다.
1) 진(晉)나라 사람인데 뛰어나게 총명했고 음악도 잘했다.
2) 처음에 패공(沛公 유방)이 군사를 이끌고 진류(陳留)를 지나가는데, 역
생(酈生)이 군문에 찾아와서 뵈려고 했다. 시자가 나와서 그를 거절하
면서 말했다.
"패공께서는 선생을 만나실 수가 없습니다. 지금 천하를 통일하는 큰일
때문에 선비를 만나실 틈이 없습니다." 그러자 역생이 칼을 어루만지며
시자에게 꾸짖어 말했다. "빨리 달려가서 패공께 아뢰어라. 나는 고양의
술꾼이지, 선비가 아니라고." -《사기》〈역생·육가전〉

사업은 서까래 같은 그림붓 한 자루
생애는 술병에 맡겨 버렸네
하찮은 벼슬자리 그게 무언가
우리 돌아갈 길은 저 산천에 있네

客逐東風至、　　令余病欲蘇。
能爲謝尙舞、　　自是高陽徒。
事業餘椽筆、　　生涯付玉壺。
微官亦何物、　　歸路在江湖。

산으로 돌아가는 무위 스님을 배웅하며

送無爲歸山

아름답구나! 단하자여
일찍이 불이의 문에 들어왔네
나를 찾아와 고을 관사에 묵으면서도
우두커니 말조차 잊어버렸지
싱겁게도 몇 달 동안 즐기는 것 없이
짝이라곤 묵어빠진 술항아리뿐
취하면 소리 높이 노래 부르다
일어나 너울너울 춤까지 추네
아깝구나! 영웅다운 사람인데도
끝내 산속에서 늙어 가다니
멀리 구월산에 찾아 들어가
구름 속에 절간을 열어 놓았지
이별 고하며 지팡이 떨치니
떠남과 머묾이 홀가분하구나
그대를 떠나보내기 혼자 아쉬워
저녁 내내 마음이 괴로웠다오
들에 나가 거적 깔고 아쉬움 나누니
보내는 이 마음 아프기만 해라

스러지는 노을은 말잔등에 걸리고
외로운 저녁 연기가 먼 마을에 일어나는데
뒷날 만날 기약을 그 누가 알랴
숲속의 술통이나 다 비우리라

猗歟丹霞子、	早入不二門。
訪我郡齋宿、	嗒爾忘其言。
累月淡無嗜、	相伴老瓦盆。
醉則輒高歌、	起舞何翩翩。
可惜英雄人、	終老於山樊。
迢迢九月山、	雲裏開紺園。
告歸忽振錫、	去住何儵然。
我自惜君去、	竟夕情煩冤。
平郊出班荊、	黯然傷離魂。
落照帶歸騎、	孤煙生遠村。
後期亦有無、	聊盡林中樽。

황주목사가 두 기생을 보내 주다
黃牧送二妓

1.

해당화가 갓 잠들어 술이 한창 얼큰한데
잎새마다 비단치마가 푸른 안개에 물들었네
길 떠난 사람이 돌아오지 못하니
그대여! 〈망강남(望江南)〉을[1] 다시 한번 불러주오

海棠初睡酒方酣。　　　葉葉羅裙染翠嵐。
正是離人歸不得、　　　請君重唱望江南。

2.

장미꽃이 비 맞아 부슬부슬 떨어지고
한낮의 가벼운 바람이 엷은 옷 뚫고 들어오네
비파 한 가락 타니 잠든 제비도 놀라서
주렴 높은 곳에 날아 올라 지저귀누나

玫瑰和雨落零零。　　　日午輕颺透薄衫。
寶瑟一彈驚睡燕、　　　繡簾高處語呢喃。

■
1) 사조(詞調)의 이름이다. 수나라 양제(煬帝)가 서원(西苑)을 만들고, 연
　못을 파서 용봉가(龍鳳舸)를 띄운 뒤에 〈망강남곡〉을 지었다고 한다.
* 목사는 박동량(朴東亮) 열지(說之)인데, 동방(同榜)으로 장원(壯元)이
　다. (원주)

석봉이 찾아오다
石峯來訪

1.
석봉은 한세상의 늙은이라
높은 바람으로 나를 일으키네
새로 지은 시가 도연명의 구절이라면
필치는 왕희지의 글씨구려
남주의 탑 내린[1] 지 오래건만
이제야 장자의 수레 돌렸네
높은 다락 술 마시고 시 읊는 곳에
훈훈한 바람이 연 향내를 불어보내네

四海石峯老、　　　高風能起予。
新篇彭澤句、　　　逸翰右軍書。
久下南州榻、　　　方廻長者車。
高樓觴詠地、　　　薰吹動池藜。

---

1) 빈객(賓客)을 정성껏 대우함을 뜻한다. 후한(後漢) 말기에 진번(陳蕃)
이 특별히 탑(榻) 하나를 걸어두었다가, 남주(南州)의 고사(高土) 서치
(徐穉)가 내방하면 이를 내려서 우대하였다. 이 시에서는 수안군수 허
균이 한석봉같이 훌륭한 선비 맞을 준비를 해두었다는 뜻으로 썼다. 이
때 한석봉이 요산군 충천각에서 허균의 누이 난설헌의 〈광한전백옥루
상량문〉을 써 주었는데, 목판본으로 전하고 있다.

석봉의 부음을 듣다
聞石峰訃

손 잡고 이별한 지 며칠 안 되어
옥루에 불려갔단 말 듣고 깜짝 놀랐네
높은 이름 온 누리에 남았거니와
큰 업적도 천추를 기약하리라
통곡하니 천지가 아스라하고
슬픈 노래에 일월도 시름하누나
산양의 피리 소리¹⁾에 솟는 그 눈물
서주를 지날 때까지 기다리지 않네

摻別無多日、	驚聞召玉樓。
高名餘四海、	大業且千秋。
痛哭乾坤迥、	哀歌日月愁。
山陽笛中淚、	不待過西州。

■
1) 진(晉)나라 때 상수(向秀)가 산양(山陽)에 있는 자기의 옛집을 지나다가
   피리 소리를 듣고 회구심(懷舊心)을 일으켰다.

스스로 조롱하다

自嘲

봄빛이 장안에 가득해
노니는 이들은 흥이 다하지 않았는데
버들솜이 길을 막으며 어지럽게 흩날리고
떨어지는 꽃잎은 옷소매에 묻어 시드네
피리 소리가 밤새워 서로 겨루고
술병도 새벽까지 마르지 않는데
병든 사마의[1] 모습만 보기 애처로우니
눈 속에 핀 매화만 그려서 볼 뿐이네

春色滿長安。   游人興未闌。
攔街飛絮亂、   霑袖落紅殘。
玉笛宵爭品、   金壺曉不乾。
空憐炳司馬、   描得雪梅看。

---

1) 주나라 때에 군사를 맡았던 벼슬인데, 하관(夏官), 또는 대사마라고도
했다. 그 뒤로 천자나 제후의 왕궁 바깥문을 사마라고도 했다. 조선조에
서는 병조판서를 사마, 또는 대사마라고도 했다. 이 시에서는 임시벼슬
인 의흥위 대호군(종3품)을 맡은 허균 자신을 가리킨다.

《공동집》을 읽다
讀控洞集

북쪽 땅의 웅재가 백대의 침체를 일으키니
한나라 사마천과 겨뤄 누가 자웅이 될까
명성(明星)과 거부(去婦)가 비록 맑고 곱지만
물결 치는 우묘비(禹廟碑)를 골라서 보고싶네

北地材雄百代衰。　　　漢庭司馬孰雄雌。
明星去婦雖淸麗、　　　看取滔滔禹廟碑。

■
＊《공동집》은 명나라 북지(北地) 사람으로 십재자(十才子)의 으뜸인 이몽
　양(李夢陽, 1472-1516)의 문집이다

《대복집》을 읽다
讀大復集

재주가 왕유 같아 대가라 할 만하고
곱기는 최호 같은데다 더욱 높구나
이 사람이 만약 개원(開元) 천보(天寶) 시대에 났더라면
이백(李白) 두보(杜甫)와 이름을 나란히 했겠지

才似王維亦大家。　　　麗如崔顥更高華。
舍人若出開天際、　　　李杜齊名孰敢誇。

■
＊《대복집》은 하경명(何景明)의 문집이다.

방림

芳林

골짜기를 들어가자 또 산이 있고
시냇물 따라가며 풀 더욱 향그러워라
말안장을 벗겨 낡은 역마을에 몸 던지고
평상을 빌어 베개 베고 누웠네
낯설은 새들이 그윽하게 울고
깊은 숲에선 날 저문 내음 이는데
괴로운 인생길은 언제나 쉬려나
귀밑털이 흐르는 세월 안타까워하네

入峽春猶在、　　沿溪草正芳。
歇鞍投古驛、　　欹枕借匡床。
怪鳥多幽響、　　高林有晚香。
勞生幾時息、　　雙鬢惜流光。

■
* 방림역은 강원도 춘천도호부 보안역(保安驛)에 소속된 29개 역 가운데
  하나이다.

삼척 고을에 이르자 옛생각이 나다
初到府有感

아버님이 이 고을을 맡으시던 날이
이제 벌써 사십오 년이나 흘렀네
지난 옛일 물어도 그 누가 알랴
예 노니시던 곳 찾으려 해도 자취 이미 없어졌네
전해 주신 가업을 이어받기[1] 부끄럽지만
몸가짐을 지키는 거야 어찌 변함 있으랴
오직 가훈을 받들며 떨어뜨리지나 말고저
법을 지키는 관리[2] 이름에야 어찌 끼기를 바라리오

先子分符此府辰。　　如今四十五回春。
重尋往事人誰在、　　欲訪曾遊跡已陳。
嗣世箕裘慙肯搆、　　律身氷蘖豈磷磷
只遵家訓期毋墜、　　敢冀名參漢吏循。

■
1) 원문 '궁구(肯搆)'는 궁당궁구(肯堂肯搆)의 준말로, 가업을 이어받아 발
   전시키는 것을 비유하는 말이다. 《서경(書經) 대고(大誥)》에 "아버지가
   집을 지어 이미 법을 이루었건만, 그 자식이 기꺼이 당의 터도 만들려고
   하지 않는데, 하물며 기꺼이 구축하겠는가.[若考作室, 旣底法, 厥子
   乃弗肯堂, 矧肯搆。]"라고 한 데서 유래하였다.
2) 원문의 '이순(吏循)'은 법을 지키고 이치를 따르는 관리라는 뜻으로 백
   성에게 선정(善政)을 베푼 지방관을 말한다. 《사기(史記) 태사공자서
   (太史公自序)》에 "법을 받들고 이치를 따르는 관리는 공로를 자랑하고
   능력을 과시하지 않아 백성의 칭송은 없지만 또한 잘못된 행적도 없다.
   그러므로 순리 열전(循吏列傳)을 짓는다."라고 하였다.

우연히 읊다

偶吟

짙푸른 그늘이 여름 그늘을 이루고
비 머금은 바람은 옷깃을 서늘케 하네
나그네 된 이 몸은 느낌 많건만
타향이라 그 누가 함께 즐거워하랴
하늘 끝까지 밝은 달이 가득하고
바다 위에는 푸른 구름이 널렸는데
혼자 떨어진 한을 홀로 부여안고
난간에 기대어 가슴 아파하네

濃陰成夏景、　　雨氣釀輕寒。
客子正多感、　　異鄕誰共歡。
天涯明月滿、　　海上碧雲漫。
獨抱單居恨、　　傷心空凭欄。

두 친구를 꿈꾸다
夢二子詩

1.
그대¹⁾의 시는 근원이 넓어
은하수를 구부려 쏟아 냈었지
글솜씨를 지니고도 길이 괴롭더니
갑자기 백옥루로 불려 갔었지²⁾
한밤중 꿈속에서 그댈 만나곤
살았을 적 놀던 것처럼 얘길 나눴지
예전처럼 문장을 논하는 자리에선
수염을 휘날리며 천추가 없었지

■

* 5월 초9일에 서루(西樓)에서 자는데, 꿈에 이실지(李實之)와 이정(李槙)을 만났다. 한참 동안 평소처럼 이야기를 나누다가 잠이 깨었다. 그래서 시를 지어 기록한다. [午月初九日, 宿于西樓, 夢見李實之及李槙, 敍話如平日, 良久而寤, 以詩記之.]

1) 원문의 이후(李侯)는 이춘영(李春英)을 가리킨다. 실지(實之)는 그의 자이다.

2) 백옥루(白玉樓)에 갔다는 말은 뛰어난 재주를 지녔으므로 하늘이 빨리 죽게 하였다는 뜻이다. 당나라 시인 이하(李賀)는 어려서부터 영특하여 시문에 뛰어났으나 몰락한 종실의 후예로서 뜻을 펴지 못했다. 어느 날 대낮에 졸다가 갑자기 보니 붉은 관복을 입은 도인이 옥판(玉板)을 잡고 있었는데, "상제(上帝)께서 백옥루를 완성하시고, 그대를 불러 기문을 짓게 하려 한다.[上帝成白玉樓 召君作記]"고 쓰여 있었다. 이것을 본 이하는 곧 병들어 27세의 젊은 나이로 요절하였다고 한다. 《이의산문집전주(李義山文集箋註) 권10 이하소전(李賀小傳)》

그대 혼이 올 땐 바다처럼 넓더니만
혼이 가자 내 방이 고즈넉해라
벗을 잃은 나의 마음 다시금 느껴워져
쏟아지는 눈물을 막을 수 없네

李侯富詞源、　　屈注天潢流。
抱才困泥塗、　　奄爾赴玉樓。
中宵夢見之、　　若敍平生遊。
依然論文地、　　奮舋無千秋。
魂來滄海闊、　　魂去室悠悠。
感念絶絃賞、　　危涕浩難收。

서재에 머물며 짓다

寓東廂作

벼슬길이 고달프다고 그 누가 말했던가
민심이 순해 다스리기 참으로 쉬워라
날이 저물도록 방울 흔들 일조차 드무니
미련퉁이 아닐진대 거뜬히 일 마쳤네
나의 서재 너르고 고요한데
양옆으론 감나무와 배나무를 심었네
넓은 그늘 언제나 너울거려서
창문 타고 가벼운 바람 넘어드누나
자리 펴고 검은 평상에 기대 앉으니
피곤하던 내 몸이 개운히 풀리네
평생 책 좋아하는 버릇이라서
가는 곳마다 다섯 수레의 책¹⁾이 따라다녀
상자 열어 책꽂이에 가득 꽂고는
펼쳐 읽으며 혼자서 기뻐하네
한석봉 글씨는 북쪽 창에 걸고
이정의 그림은 동쪽 벽에 펼쳤네

---

1) 두보의 시 〈백학사의 초가집을 지나며 짓다(題柏學士茅屋)〉에서 "사내라면 모름지기 다섯 수레의 책을 읽어야 한다[男兒須讀五車書]"라는 구절을 가져온 것이다.

이 사람들 뼈는 벌써 삭아 버렸기에
그 자취나 어루만지며 탄식할밖에
마음 드는 대로 실컷 즐기려고
애오라지 여섯 해나 기다렸다오
한가한 곳에 던져짐이 분에 맞으니
두텁게 입은 은혜를 어찌 잊으리
걱정되기는 다스린다며 도움만 많이 받고
어진 은택을 널리 베풀지 못한 것일세
술안주와 음식들 늘어 놓았지만
밭두덕에는 주리고 여윈 백성들
생각하면 얼굴이 부끄러워라
놀면서 봉록만 받아먹는다고2) 놀리지나 말았으면
후임으로 올 사람이 그 누구인지
내 시나 비웃지 말아 주었으면

---

2) 원문의 '시소(尸素)'는 시위소찬(尸位素餐)의 준말인데, 송장처럼 일은
   못하고 자리만 지키는 것을 시위(尸位)라 하고, 밥값을 하지 못하고 공
   밥을 먹는 것을 소찬(素餐)이라 한다.《한서(漢書) 권67 주운전(朱雲
   傳)》에 "지금 조정의 대신들은 위로는 임금을 바로잡지 못하고, 아래로
   백성에게 유익됨도 없이 모두 시위소찬하는 자들이다.[今朝廷大臣,
   上不能匡主, 下無以益民, 皆尸位素餐者也.]"라고 하였다.

吏道誰云迫、　俗淳誠易治。
日晏鈴牒稀、　了事亦非癡。
東廂寬且靚、　左右樹稗梨。
繁陰正婆娑、　櫺牖來輕颸。
展席凭烏凳、　足以寧吾疲。
平生坐書淫、　五車行輒隨。
發篋揷滿架、　披讀以自嬉。
韓書掛北窓、　李畫張東楣。
其人骨已朽、　撫迹還嗟咨。
賞玩恣適意、　聊以待六蓍。
投閑眞微分、　敢忘蒙恩私。
所虞政多裨、　仁澤未普施。
有羞羅方丈、　田畝有飢贏。
感念顔益厚、　尸素庶逭譏。
孰爲後來者、　幸勿嗤吾詩。

벼슬에서 내쫓겠다는 소식을 듣다
聞罷官作

1.
오랫동안 불경을 읽어온 것은
내 마음 머물 곳이 없었기 때문일세
여지껏 아내를 내버리지 못했거든[1]
고기를 금하기는[2] 더욱 어려웠네
내 분수 벼슬과는 벌써 멀어졌으니
파면장이 왔다고 내 어찌 근심할 건가
인생은 또한 천명에 따라 사는 것
돌아가 부처 섬길 꿈이나 꾸리라

久讀修多敎、　　因無所住心。
周妻猶未遣、　　何肉更難禁。
已分靑雲隔、　　寧愁白簡侵。
人生且安命、　　歸夢尙祇林.

■
* 이때 사헌부에서 곽재우는 도교를 숭상하고 나는 불교를 받든다고 하여
아울러 탄핵하였고, 이단을 물리치기 위해 파직(罷職)의 계(啓)를 올렸
다. 그래서 마지막 구절에 그 얘기를 한 것이다. (원주)
1) 주옹(周顒)은 불교를 독실히 믿었지만, 아내를 버리지 못해 괴로워했다.
2) 하윤(何胤)은 육식을 금하지 못해 고민하였다.

130

2.
예절의 가르침이 어찌 자유를 얽매랴
뜨고 가라앉는 것을 다만 천성에 맡기리라
그대들은 모름지기 그대들의 법을 지키게
나는 나름대로 내 삶을 이루겠노라
가까운 벗들이 서로 찾아와 위로하고
아내와 자식들은 언짢은 마음을 품었건만
오히려 좋은 일이나 생긴 듯 나는 즐겁기만 하니
이백이나 두보만큼 시로써 이름을 날리게 되었음일세

禮教寧拘放、　　浮沈只任情。
君須用君法、　　吾自達吾生。
親友來相慰、　　妻孥意不平。
歡然若有得、　　李杜幸齊名。

떡을 바쳐야 벼슬을 얻지

삼척부사에서 쫓겨난 뒤 두어 차례 고을 수령의 자리
를 구했지만, 그때마다 다른 사람에게 빼앗겼다. 떡을
바쳐야 벼슬을 얻는다는 진리를 뒤늦게야 알았지만, 이
무렵 그의 벼슬길은 탄핵의 연속이었다.

蛟山

許筠

홍주목사 자리를 부탁했지만 얻지 못하고 이안눌이 얻다

乞洪陽不得而子敏爲之

홍주는 예부터 글 잘 짓는 신하를 썼으니
소세양 정사룡 시인의 이름이 가장 뛰어났네
검은 인끈이 오늘 아침 이안눌에게 돌아갔으니
자잘한 재주야 처음부터 남들보다 못한 게지

洪州自古用詞臣。　　　蘇鄭詩名最絶倫。
墨綬今朝歸子敏、　　　諛才元是不如人。

스스로 희롱하다

自戱

어린 나이에 재주로 이름나
밝은 구슬이 장안에 빛났었네
운명이 기박해 헛된 영화는 녹아버리고
미친 짓 한다고 남에게 경멸받았네
옥 같은 나무는 바람 앞에 깨끗하고
금경(金莖)[1]은 갈증 뒤에 더욱 맑아지는데
세밑에 쌀이나 구하는 신세 되다니
강릉으로 돌아갈 꿈만 꾼다네

小少負才名、　　明珠耀上京。
浮榮消命薄、　　狂態受人輕。
玉樹風前皎、　　金莖渴後淸。
歲時淹索米、　　歸夢在東瀛。

■
1) 한나라 무제(武帝)가 '하늘에서 내리는 이슬을 받아 먹으면 오래 산다'
는 방사(方士)의 말을 믿고 신선세계의 감로(甘露)를 받기 위해 20개
의 기둥 위에 승로반(承露盤)을 놓았다. 구리 기둥[銅柱]과 쇠 기둥[金
莖]으로 승로반을 받쳤다. 이 시에서 금경은 이슬을 가리킨다.《사기(史
記) 권12 효무본기(孝武本紀)》

《서적공집》을 읽다
讀徐迪功集

중원의 하경명·이몽양이 사장(詞場)에 깃발 꽂고
강좌의 서랑(徐郞)[1] 역시 안항(雁行)이 되었네
개천[2] 시대에 응당 이백 두보를 꺾은 것처럼
청고한 맹양양(孟襄陽)[3]이 다시 또 태어났군

中原何李幟詞場。　　　江左徐郞亦雁行。
應似開天推李杜、　　　清高還有孟襄陽。

■
＊《서적공집》은 명나라 문인 서정경의 문집이다.
1) 서랑(徐郞)은 서정경(徐禎卿)을 가리키는데, 당인(唐寅)·축윤명(祝允
　明)·문징명(文徵明)과 함께 오중(吳中)의 사재자(四才子)로 불렸다.
2) 개천(開天)은 당나라 현종 때의 개원(開元)과 천보(天寶) 시대를 가리
　킨다.
3) 맹양양은 성당 시대의 양양(襄陽) 출신인 맹호연을 가리킨다.

《창명집》을 읽다
讀滄溟集

새벽 노을 찬란하게 낭풍(閬風)이[1] 밝아오고
하늘에 솟은 아미산에는 쌓인 눈이 개었네
한나라 사마에게 물어보노니
제남[2] 태생을 누를 이가 몇이나 있던가

晨霞初絢閬風明。　　天半蛾眉積雪晴。
試向漢庭司馬道、　　幾人能壓濟南生。

---

* 《창명집》은 명나라 문인 이반룡의 문집이다.
1) 곤륜산에 세 급이 있는데, 아래는 번동(樊桐), 일명 판동(板桐)이라고
한다. 두 번째는 현포(玄圃)인데, 일명 낭풍(閬風)이라고 한다. 위는 층
성(層城)인데, 일명 천정(天庭)이라고 한다. -《수경(水經)》〈하수(河
水)〉주
2) 이반룡(李攀龍, 1514-1570)은 산동성 제남군 역성현(歷城縣) 출신
이다.

《엄주사부고》를 읽다

讀弇州四部稿

중원의 두 시인을 누가 만들었던가
강좌[1] 태생이 느지막이 홀로 단에 올랐네
동남쪽 큰 바다가 넘실대는 곳에
붉은 물결 일으키는 회오리바람이 있네

誰作中原二子看。　　　晚來江左獨登壇。
東南大海汪洋地、　　　詎有回風起紫瀾。

■

* 《엄주사부고》는 명나라 문인 왕세정의 문집이다.
1) 왕세정(王世貞)이 시와 문장에 뛰어나 이반룡과 함께 이왕(李王)이라고
  불렸으며, 강소성 태창 출신이므로 강좌(江左)라고도 불렸다.

오정에게 큰 떡 노래를 부치다
梧亭寄大餠歌

가림[1]의 좋은 쌀 옥처럼 흰데
그대 집에선 해마다 삼백 섬씩 거두었지
찧어서 밥 지으니 기름이 돌아
달고도 미끄러운 게 입에 절로 넘어가네
그대 말이 이 쌀로는 떡 만들기에 가장 좋으니
찬물에 담가 불려 하룻밤을 지내라네
서리같이 가늘게 빻아 큰 시루에 앉히고서
느린 불에 김을 올려 익기까지 기다리라네
뽀얀 살결 쪼개면 향내가 나서
맛난 냄새 주방까지 풍겨간다네
평창의 석청은 사탕보다도 더 다니
동평의 미나리에 무까지 뒤섞어서
꽃그릇에 괴어다 귀한 손님 대접하면
상아젓가락 바쁠세라 맘껏 배불린다네
큰 만두 뇌구[2] 따위야 맛볼 것도 없어
내 입속에 어느새 군침이 흘렀구나

■
1) 충청도 임천(林川)의 옛 이름이다.
2) 뇌구는 염소나 돼지고기를 잘게 썰어 생강·계피·난초·파 등속의 양념
   과 섞고, 밀가루를 반죽하여 겉으로 싸고 둥글게 만든 다음, 솥에 쪄서
   더운 탕국에 타서 먹으니 역시 만두의 유이다.《성호사설 제4권 만물문
   (萬物門)》〈만두·기수·뇌구(饅頭起溲牢九)〉

집에 와서 자랑삼아 아내에게 말했더니
어느새 계집종이 문앞에 와 두드리네
큰 상에 돗자리까지 대청에 벌여 놓으니
하마 떡이 눈부셔라 눈에 가득 놀래이네
온 집안이 기뻐하고 애들은 환장하여
골짝을 메운 듯이 둘러앉아 먹어대네
올가을엔 흉년이라고 봉급도 아직 못 받아
밥상에 놓인 거라곤 겨우 푸성귀뿐
이 떡 얻어 처음으로 다 함께 먹어 보니
썩은 고기 쌓여 있대도 아무 소용 없겠네
큰 은혜 고마워서 그대에게 보답코저
내 하는 말 그대는 시험 삼아 들어보소
그대 이 떡 가지고서 정승댁에 나아가면
정승께서 맛보시고 그 은혜 감사할 걸세
높은 벼슬 많은 녹을 힘써 내려줄 것이요
마침내는 남은 복이 자손에게도 미치리라
그대는 못 보았나 행주의 정승이 이조판서가 되어
이웃의 과일들로 아침 배 채우는 것을
술잔 잡은 팔목은 꺾이지도 않아서
아침에는 동궁이요, 저녁에는 의정부일세

加林美稻白如玉、
禱炊軟飯勝雕胡、
君言此米最宜餅、
細舂霜杵納大甌、
瓊膚瀚拆十字香、
平昌石蜜甘勝蔗、
飣以花粲薦佳客、
大饅牢九不足嘗、
歸來詫向細君說、
方盤大筥陳中堂、
渾舍歡喜兒女顛、
今秋不登俸未給、
得此今始口兼食、
感君恩重欲報君、
君持此物造相門、
高官厚祿可力致、
君不見幸州相公柄天官。
執杯之臂不曾折、

君家歲致三百斛。
甘滑流匕湌不足。
洗浸寒泉經一宿。
文火濃蒸候至熟。
芳臭氤氳盈廚屋。
東坪芹芽雜肥菖。
象箸紛紜恣飽腹。
今我饞涎垂口角。
俄有叩門之女僕。
雪糕燦然驚滿目。
環坐大嚼如塡谷。
盤中闌干堆苜蓿。
何須方丈羅腐肉。
吾有一語君試聞。
相公嘗之亦感恩。
終使餘澤流兒孫。
東隣雜果充朝飧。
朝自春坊夕薇垣。

명주를 그리워하다
憶溟州

벼슬길에 바람이 휘몰아칠 때마다
영동에 내려가 묻혀 지내곤 했었지
나그네 시름은 한식 뒤라 더한데
빗소리 속에서 꽃들은 피어나네
높은 벼슬이 아직 나를 붙든다지만
안개와 노을이 어찌 그대를 저버리랴
돌아갈 기약이 아직도 아득해서
탄식하며 공중에 글씨만 쓴다네[1]

官轍風塵際、　　幽居嶺海東。
客愁寒食後、　　花事雨聲中。
軒冕猶牽我、　　煙霞豈負公。
歸期尙綿邈、　　咄咄且書空。

------

1) 진(晉)나라 때 은호(殷浩)가 중군장군(中軍將軍)으로 있다가 후에 남의
참소를 입고 쫓겨났다. 신안(信安)으로 유배되어 태연한 기색으로 종일
허공에 글씨를 쓰기에 사람들이 자세히 살펴보니, '쯧쯧 괴이한 일이로
다.'라는 뜻인 '돌돌괴사(咄咄怪事)' 넉 자였다고 한다. 《진서(晉書) 권
77 은호열전(殷浩列傳)》

병이 심해 지세와 여장을 생각하다
病甚憶持世汝章

몸 조섭할 방도가 없어 늘 병에 걸리는데
의원의 말로는 음(陰)이 허해 위태롭다네
소장 올린 것은 아직 윤허 못 받았는데
전(箋) 받들자 도리어 날짜 기약 두려워라
두 벗1)이 오지 않아 마음 먼저 서글프니
인삼 백출이 무슨 약효람, 내 명 스스로 재촉하네.
다만 살았을 때 그대들 손 잡아 본다면
흰 수레2)를 채찍질해 부지런히 올 일 없네

攝身無術每罹災。　　醫曰陰虛勢殆哉。
陳疏未蒙天語允、　　拜箋還怕日期纏。
雷陳未至情先愴、　　參朮何功命自催。
但向生時容握手、　　不須勤策素車來。

■

* 1610년 4월에 천추사(千秋使)로 임명되었지만, 화병이 도져서 가지 못
  하겠다는 소(疏)를 올렸다. 그러나 윤허를 받지 못하고, 꾀병을 핑계댄
  다는 죄명으로 의금부에 갇히게 되었다. 갇히기 직전에 친구 조위한과
  권필을 그리워하며 지은 시이다.
1) 원문은 '뇌진(雷陳)'으로 후한(後漢) 때의 뇌의(雷義)와 진중(陳重)이
   다. 태수가 진중을 효렴(孝廉)으로 천거했을 때는 진중이 이를 뇌의에
   게 양보하여 뇌의 또한 그 명년에 효렴으로 천거되었고, 뒤에 둘이 똑같
   이 상서랑(尙書郞)에 임명되었다가 뇌의가 파출되자 진중 또한 병을 핑
   계로 벼슬을 그만두었다.
2) 흰 흙을 바른 수레인데, 장례 때에 타고 간다.

내가 화가 동하는 병 때문에 중국에 사신으로 갈 수 없으므로 순군(巡軍)에서 견책을 기다리며 장구를 지어 기헌보에게 주어 회포를 풀다

余以病火動不克燕行旋譴巡軍作長句贈奇獻甫
以抒懷

우리나라 문장이 천하에 소문났으니
신라 말엽에 최고운(崔孤雲)이 처음으로 칭찬들었네
익재(益齋)와 목은(牧隱)이 고려말에 울리더니
우리 조정에 내려와서 뛰어난 인물이 많아졌네
이백 년 동안 준걸들이 나타나
상위(象緯)가 천궐(天闕)에 널려지듯 찬란했네
중간에 호음(湖陰)·소재(蘇齋)·지천(芝川)에게 허락했지만
상한 날이 갈린 칼을 만나자 어쩔 수 없게 되었네
깃발과 북을 손수 들고 대장단에 올라서니
손곡(蓀谷) 노인의 재주가 더욱 뛰어나
왕맹(王孟)이나 고잠(高岑)도 그에겐 힘이 못 미쳐
조화와 더불어 그 공을 다투었네
나는 일찍부터 권필·이안눌과 사귀기로 결정했으니
속건(屬鞬)하는 좌우에는 누가 좌옹 되려나
소년 시절부터 유연(幽燕) 사람처럼 침울하기도 하고[1]

---

1) 어떤 사람이 "자민(子敏)의 시는 유연(幽燕)의 소년 같아서, 이미 침울한 기운을 짊어졌다"고 평했다. (원주)

물 위로 걷는 낙신(洛神)의 버선처럼 참으로 청묘했네[2]
비록 보물 가게에 벌려놓을 목난주(木難珠)는 있다지만[3]
물고기 눈과 진주가 뒤섞였다는 나무람을 면치 못했네
징과 쇠북이 서(序)에 있어 창수(唱酬)를 가름하니
궁음(宮音)을 머금고 치음(徵音)을 새기며 낭구(琅璆)가 울리네
늦게 얻은 기씨(奇氏) 사내 기개가 우뚝해서
북을 잡으면 토막말이 천추를 놀라게 하네
기씨 사내 몸 세운 것이 어찌 그리 꿋꿋한지
초야에 묻혀서도 한세상을 흘겨보네
아래로 우리들과 주먹 힘을 겨루는데
우리 세 사람이 그 힘을 당하기 어려웠네
위로는 노(盧照隣)·락(駱賓王)과 최(崔融)·리(李嶠)를 아우르고
아래로는 공동(崆洞 이몽양)과 대복(大復 하경명)을 뒤덮었네.

■

2) 어떤 사람이 "여장(汝章)의 시는 낙신(洛神)이 물결을 넘어 사뿐사뿐
   거닐며 눈길을 돌려 빛을 흘려 뱉는 기운이 난(蘭) 같다"고 평했다.
   (원주)
   낙신(洛神)은 태고시대 복희씨(伏羲氏)의 딸이 낙수(洛水)에 빠져서
   신이 된 것을 말한다. 온정균(溫庭筠)의 연화시(蓮花詩)에 "응당 낙신
   의 물결 위의 버선이라, 지금도 연꽃술에 향진이 풍기네." 하였다.
3) 어떤 사람이 내 시에 대하여 "페르샤의 호인(胡人)이 가게에 보물을
   벌려 놓은 것 같은데, 최하가 바로 목난과 화제(火齊)다"라고 평했다.
   (원주)

146

남궁(南宮)이 즐겁지 않아 수조(水曹)로 돌아오니
하손(何遜)과 소자첨(蘇子瞻)도 모두 여기서 일어났네.
세속 따라 뜨고 가라앉는 것도 해롭지는 않으니
세상에 알아주는 이가 적다고 한탄하지 말게나
높은 문장은 스스로 천추에 빛나리니
조무래기들 헐뜯음이야 서로에게 돌아갈 테지
나는 영락해서 가소로운 사람이지만
수레 뒤 먼지를 바라보며 절하지는 않네
그 때문에 재상들이 날 죽이려고 해
꾸짖고 쫓아내는 것이 어찌 그리 어지러운지
벼슬이야 빼앗지만 기백까지 뺏을손가
병마가[4] 모질어도 날 죽이긴 어렵네

■

4) 진후(晉侯)가 병에 걸려 진(秦)나라에 의원을 구하자, 진백(秦伯)이 의
원 완(緩)을 보냈다. 완이 아직 이르기 전에 진후가 꿈을 꾸었는데, 두
동자[二竪]가 나타나 말했다.
"그는 훌륭한 의원이니, 우리를 다칠까 두렵다. 어디로 달아날까?"
그 중 하나가 말했다.
"명치 위[膏]와 명치 밑[盲]에 (숨어) 있으면, (아무리 훌륭한 의원인들)
우리를 어찌하랴?"
의원이 이르러 (진맥을 보고) 말했다.
"이 병은 고칠 수 없습니다. (병이) 명치 위에도 있고, 명치 밑에도 있어,
뜸을 뜰 수도 없고, 침을 놓을 수도 없으며, 약도 듣지 않습니다. 방법이

의금부에 거적 깔고 온 몸에 땀이 흘렀건만
파면장에 바람 일어 내 열기를 씻어주었네
평생 문자를 지어 원수만 맺었다고
조카들은 다퉈 권하며 붓을 쉬라고 하지만
내 스스로 이 붓을 즐겨 놓을 줄 모르니
인간 세상의 만호후(萬戶侯) 그까짓게 무어던가
장안에 사흘 비 내려 문 닫고 들어앉았더니
서늘한 바람이 으스스 대나무에 불어오네
몹시도 그리운데 기씨 사내는 왜 안 오나
있는 술 가져다가 그대에게 권하련다
가엾고도 적막해라 죽은 뒤의 명예라는 건
살았을 제 겪은 괴로움에 무엇이 보탬 되랴
오직 시를 쓸 때만은 천장 종이 다 휘갈겨
가슴 속의 불평을 모두 다 뱉어내네
기씨 사내여! 보시고서 의당 크게 웃어주게나
예로부터 똑똑한 이들이 모두 이와 같았다고[5]

■
　없습니다." ─《춘추좌씨전》〈성공(成公)〉 상
　원문의 이수(二竪)는 고질병을 뜻한다.
5) 석주(石洲)가 말하였다. "이와 같은 대작(大作)은 과문(科文)의 폐습을
　씻을 뿐더러 도도하고 거려(巨麗)하여 더불어 다툴 자 없으리라." (원주)

吾東文章天下聞。羅季始稱崔孤雲。

益齋牧隱鳴麗末、降及我朝多絶群。

二百年來俊民出、燦如象緯羅天闕。

中閒縱許湖蘇芝、毋奈劚刃遭磨鈌。

手決天河登將壇、蓀谷老人才尤杰。

王孟高岑力未工、直與造化爭其功。

神交早定權與李、屬韃左右誰雌雄。

幽燕沈鬱自年少、步波洛襪眞淸妙。

縱有寶肆陳木難、未免魚目混珠誚。

鍾鏞在序迭唱酬、含宮咀徵鳴琅璆。

晚得奇郎氣突兀、落筆行語驚千秋。

奇郎立身何骯髒、傲睨不肯在草莽。

頃從吾儕角拳勇、吾儕三人力難當。

上苞盧駱與崔李、下掩空同大復子。

南宮不樂還水曹、何遜子瞻俱作是。

未害從俗且浮沈、莫恨世上少知音。

高文自足映千代、群兒謗傷從相侵。

余也歷落可笑人、不肯斂板拜車塵。

是以時宰欲殺之、譴訶斥逐何紛繽。

官則可奪氣肯奪、二竪雖强難我殺。

金吾席藁汗沫肌、白簡生風足濯熱。

平生文字結怨仇、　　諸侄爭勸且姑休。
我自樂此不知惡、　　何物人間萬戶侯。
長安閉門三日雨、　　涼風蕭蕭生竹樹。
苦念奇郎胡不來、　　有酒徑欲持勸汝。
可憐寂寞身後名、　　何補生前抱辛苦。
但當寫詩盡千紙、　　吐盡胸中不平氣。
奇郎見之當大笑、　　古來賢達皆如此。

벼슬을 내놓으라시니 기뻐서
志喜

거룩한 은덕이 하늘 같아
관복을 벗고 돌아가게 되었네
벼슬 없어지자 비로소 몸 가뿐하고
일이 정해지니 마음도 한가해라
이제부터 계획을 시골 밭에다 두니
그윽이 약속했던 바다와 산이 기억나네
가을바람이 내 병을 낫게 해줄는지
휘파람 길게 불며 도성문을 나서네

聖德如天地、　　纔令襯帶還。
官無身始快、　　事定意方閑。
晚計存田里、　　幽期憶海山。
秋風倘蘇病、　　長嘯出秦關。

전오자시

前五子詩

나는 세상과 틀어져서 정권을 잡은 공경(公卿)들과는 잘 사귀지 못하고, 오직 옅은 문예로써 문단의 동맹인 두세 형제들에게서만 인정받았다. 그래서 밤낮 어울리며 혹은 창수(唱酬)로, 혹은 담론으로 서로들 절차탁마하면서 한가롭게 한 해를 마치곤 했다. 그들은 바로 권필(權) 여장(汝章)·이안눌(李安訥) 자민(子敏)·조위한(趙緯韓) 지세(持世)와 나의 재종형 허적(許禰) 자하(子賀) 및 어렸을 적부터 친구였던 이재영(李再榮) 여인(汝仁)이다. 이 다섯 사람은 문장이 모두 세상에 드물고, 때가 궁한 것도 마찬가지이니, 어찌 문인의 결습(結習)이 으레 곤고한 운명이란 말인가. 그래서 오자시(五子詩)를 지어 이로써 풍아(風雅)를 드날리고, 이들과 사귄 정을 기술하여 이따금 보면서 스스로 위로하려고 한다. 그 차례는 연대별로 기록했으며, 신분에 따라 끝마쳤다.

- ● 허적
  許子賀

우리 집안이 참으로 빼어났지만
노형은 더욱더 뛰어나셨지

예림에 깃발 세우길 기약하고는
사루(詞壘)에 벌써 수레까지 갖추었네
가을에 우는 벌레 소리에 가깝다지만
물고기 늘어놓은 수달을 겨우 면했네[1]
전기는 한번 울음에 막히고
옥을 안고도 세 번이나 발꿈치를 베였지
퇴고는 백전을 물리치고[2]
청사에 쓰인 것을 널리 보았네[3]
완적(阮籍) 포조(鮑照)와는 마땅히 비슷할 테고
양웅(揚雄) 사마상여(司馬相如)와도 서로 다투네
하늘의 눈은 신초와 균계를 분별하건만[4]
늘 보는 이들은 볏짚에 비해
천고에 드문 재주를 간직했으니
한때의 알력이야 만난들 어떠랴.
내 한평생 형제들의[5] 도움을 받았으니

■
1) 해마다 정월이 되면 수달이 잉어를 잡아서 늘어놓고 자기 조상에게 제
   사 지내는데, 이 시에서는 극심한 가난을 겨우 면했다는 뜻이다.
2) 당나라 시인 가도(賈島)가 "새는 못가의 나무에 깃들어 자고, 스님은 달
   아래 문을 두드리네. [鳥宿池邊樹, 僧敲月下門.]"라는 시를 지으면
   서, 처음에는 고(敲)자를 퇴(推)자로 생각했는데, 길에서 부닥친 한유
   (韓愈)가 고(敲)자가 좋다고 충고하였다. 이에서 퇴고(推敲)라는 말이
   생겨났다. 백전(白戰)은 맨손으로 싸운다는 뜻인데, 이 시에서는 허적이
   가도처럼 시를 지으면서 체물어(體物語)를 금하지 않았다는 뜻이다.
3) 나관(羅貫)은 삼라만상을 가리키고, 청살(靑殺)은 푸른 대나무에 쓴
   역사책을 뜻한다. 온갖 역사책에 나열된 모든 것들을 널리 읽었다는
   뜻이다.
4) 나쁜 신초(申椒)와 좋은 균계(菌桂)가 뒤섞였다. - 굴원 〈이소(離騷)〉
   군자와 소인을 분별한다는 뜻이다.
5) 맏형이 흙피리를 불면
   둘째형은 대피리를 불지.
   伯氏吹塤, 仲氏吹篪. -《시경 소아 〈하인사(何人斯)〉》

153

세상 사람들이야 마음대로 지껄여보라지
구만리 대붕새를 멀리서 보니
빠른 날개가 어찌 늘상 닳기만 하랴

吾宗固神秀、	老兄尤俊拔。
藝林期立幟、	詞壘已戒轄。
縱近號秋蟲、	纔免祭魚獺。
翦驥閟一鳴、	抱玉質三刖。
推敲捐白戰、	羅貫極靑殺。
阮鮑當雁行、	揚馬庶燕頡。
天眼辨楚菌、	恒觀比稿秸。
自保千古希、	任遭一時軋。
我生賴壎篪、	群咻恣嘲哳。
遙睇九萬鵬、	逸翮寧長鎩。

- ## 조위한
  趙持世

염옹은[1] 참으로 나라의 보배이니
주나라 시대 솥처럼 종묘에 오를만해
출세하여 청운의 길에 오르니
주옥 같은 재주에 어찌 다리가 없으랴[2]

■
원문의 훈지(壎篪)는 흙피리와 대피리인데, 형제의 우애를 뜻하는 말로
썼다. 허적이 허균의 재종형이므로 그렇게 쓴 것이다.
1) 명나라 문인 서림(徐霖)의 호인데, 조위한을 가리킨 말이다.
2) 주(珠)는 다리가 없어도 다니고, 옥(玉)은 날개가 없어도 난다. -《열자》

평생 동안 고문에 힘을 다하여
긍경(肯綮)을 다 거치며 칼질하였네
시가는 음갱(陰鏗) 하손(何遜)에 따르고
전뢰는 반악(潘岳) 육기(陸機)와 치달리네
그 이름 날로 더욱 높아져
학이 가을 소리를 듣고 설레이네.
맑은 사귐에 혼자서 그 마음 아니
의로운 사귐은 목 베는 것도 하찮게 여기네.
수많은 사람 훼방 속에 거두어 주니
그 은혜가 날 낳아준 분과 같구만 그래
산수의 지음(知音)을 의탁하고
제호탕을 정수리에 부은 듯3)
그대의 드날리는 재주 빌려주어서
내게 미뤄 고고한 마음을 지키게 하네
백성들 편안케 하는 여파가 원만해지면
강호에 낚싯배 타고 기다리겠네

髥翁誠國器、　　廟肆薦周鼎。
致身自靑雲、　　珠玉豈無脛。
平生攻古文、　　奏刀經肯綮。
詩歌陰何流、　　牋誄岳機騁。
聲譽日翩翩、　　臯禽聽秋驚。
雅契獨知心、　　義交鄙刎頸。

■
　시나 문장이 한 시대를 풍미하는 것을 비유한 말이다.
3) 제호탕은 시원한 음료수인데, 제호탕을 머리에 부으면 시원해진다. 불
　가(佛家)에서 지혜를 사람에게 넣어주면 모든 번뇌가 사라지고 정신이
　상쾌해진다는 비유로 쓴다.

收之衆毀中、　　恩與生我竝。
山水托辨音、　　醍醐許灌頂。
輸君借軒騰、　　推我守孤逈。
康濟足餘波、　　江湖有煙艇。

• 권필
權汝章

석주는 천하에 으뜸가는 선비라
그 재주는 임금을 도울 만했는데
포부를 제대로 펴지도 못한 채
가난 속에 파묻혀 굶주리길 즐겼네
시를 지으면 하늘을 꿰뚫었으니
뛰어난 그 솜씨를 그 누가 화답하랴
왕유와 맹호연도 의당 뒤에 있어야 하고
안연지와 사령운도 옷자릴 비워야겠네
창과 칼에 번개 서리 늘어놓은 데서
구슬 같은 글조각들이 흩떨어지네
오늘에 이르러 마흔 살이 되도록
거칠은 흙탕길에 늘 헤매었지
평생토록 가깝게 사귀었다고
내 잘못쯤은 풍류라고 눈 감아줬지
한유나 맹호연쯤이야 겨우 거공벌레지
두 시인이 크다고야 감히 말하랴
깨우쳐 주는 시구들을 때때로 만나면
간담이 서늘해짐을 먼저 깨닫네

자연으로 돌아가자던 우리의 본래 기약을
결단 못하는 나야말로 정말 겁쟁이일세

石洲天下士、	其才寔王佐。
抱負不肯施、	甘爲窮谷餓。
爲詩透天竅、	絶唱誰能和。
王孟合在後、	顏謝亦虛左。
戈鋋列電霜、	珠玉霏咳唾。
至今四十年、	泥塗飽轗軻。
平生膠漆義、	略我風流過。
愈郊僅駏蛩、	豈敢曰兩大。
時逢隻字警、	心膽覺先破。
素期在林泉、	不決吾眞懦。

• 이안눌
李子敏

동악은 특이한 재주 있으니
몸을 닦아 그 덕이 나날이 진실하네
시를 지어 조상 덕을 이어받으니[1]
반강을 기울인 듯 콸콸 쏟아지네
무게가 백곡이나 되는 문필(文筆)은
맹분이나 하육의 힘이 있어야 들 수가 있네

■

1) 동악(東岳) 이안눌(李安訥, 1571-1637)은 용재(容齋) 이행(李荇)의 증
   손자이다.

소하(蕭何)는 공이 으뜸인데다
장창(張蒼)은 재주가 짝이 없었지
홀로 서서 장수의 북채를 쥐고는
깃발을 뉘어서 항복을 받네
우리들이 아무리 옛것을 저울질해도
바위 틈에 솟아나는 샘물 줄기같아
어찌 감히 가느단 비파 소리로
커다란 종의 두들김을 당해내려나
강한 진나라가 늘 노려보니
추나라 노나라가 어찌 나라 구실을 하랴
세상 사람들이 큰 골짝을 들여다보며
항아리와 독으로써 헤아리려 하네
천추에 정해진 공론 있으니
그대여! 길 바꾸길 두려워 마소

東岳有奇操、　　提躬德日恷。
作詩踵其祖、　　沛若傾潘江。
龍文百斛重、　　賁育力能扛。
鄧侯功第一、　　北平才無雙。
獨立援將抱、　　旗旒爭受降。
吾輩縱銓古、　　有若巖泉瀧。
敢以妙瑟唱、　　敵彼洪鍾撞。
強秦恣睥睨、　　鄒魯安能邦。
世人窺巨壑、　　欲測以罌缸。
千秋有定論、　　改轍君毋憽。

• 이재영
李汝仁

조그만 이 사내를 사랑하노니
더벅머리 시절부터 글이 빛났지
백가의 말을 모두 꿰뚫은데다
즐기기를 추환같이 여겼네
고사를 찾아내기는 서능처럼 잘했고
재주 많기로는 육기를 근심케 했지
징을 치는[1] 것도 빠르단 비유는 못 되고
눈에 비춰[2] 읽은 것도 게으르다 비웃었지
비단 짜서 봉의 무늬를 구겨지게 하고
옥을 쪼아 화판을 아로새겼네
여번[3]이라 그 값이 절로 높건만
세상에선 천히 여기며 조롱만 하네
시단에서 맞설 이를 만나게 되면
내 그대를 위해서 좌단하리라
비웃는 자가 나라에 가득해져도
그 실상은 참으로 속이기 어려운데

■

1) 양나라 경릉왕(竟陵王)이 밤에 여러 학사들을 모아서 시회(詩會)를 열고 사람을 시켜 징을 치면서 시를 빨리 지으라고 재촉했는데, 소문염(蕭文琰)이 징소리가 끝나는 것과 동시에 사운시(四韻詩)를 다 지었다.

2) 진나라 손강(孫康)이 가난해서 기름을 구하지 못해, 눈빛에 비춰서 책을 읽었다. 차윤(車胤)이 반딧불에 비춰 읽은 것과 합하여, 형설(螢雪)이라고 한다.

3) 여번(璵璠)'은 춘추시대 노(魯)나라의 보옥(寶玉)으로, 인품이 고결한 사람을 비유한다. 두보(杜甫)의 시 〈증촉승여구사형(贈蜀僧閭丘師兄)〉에 "이 글이 도읍에 흩어지니, 높은 성가가 여번을 능가하도다.[斯文散都邑, 高價越璵璠.]"라고 하였다.

시골에선 먹고 입기에 시달렸었고
위태로운 길에선 걱정만 실컷 했네
같은 병 함께 앓는 적막한 나그네여!
하늘가에 해도 장차 저물어가네

我愛藐丈夫、　　詞華自童丱。
貫穿百家語、　　嗜之如芻豢。
徵事徐陵優、　　多才陸機患。
擊鉢未喩捷、　　映雪還嗤慢。
組錦麗鳳文、　　琢玉雕花瓣。
璵璠價自高、　　俗賤爭嘲訕。
詩壘値交鋒、　　吾爲君左祖。
笑者任滿國、　　其實自難贗。
下邑困桂玉、　　危途飽憂歎。
寂寞同病客、　　天涯歲將晏。

《변화천집》을 읽다
讀邊華泉集

상서의 시가 좋아서 금상첨화이니
심전기·송지문이나 고적·왕유라도 뽐내지 말게나
자호(柘湖)가 정말 식자(識者)라는 걸 이제는 믿겠으니
청고하고 농염해서 역시 명가일세

尚書詩好錦添花。　　沈宋高王爾莫誇。
方信拓胡眞識者、　　淸高穠艶亦名家。

■
＊《변화천집》은 명나라 문인 변공(邊貢)의 문집이다.

161

《사산인집》을 읽다

讀謝山人集

두 사람과 이름을 나란히 해 예(禮)가 신(神)을 통했으며
종신과 오국륜 사이에도 역시 끼어들었네
그 누가 알랴! 중원의 상사(上駟)를 달린다면
오른쪽 활집에는 이 산인이 있다는 것을

齊名二子禮通神。　　亦數宗臣與國倫。
誰識中原馳上駟、　　屬鞬還有眇山人。

■
* 《사산인집》은 명나라 문인 사진(謝榛)의 문집이다.

《왕봉상집》을 읽다

讀王奉常集

큰 바다 회오리바람에 놀란 파도가 산 같으니
군웅들 누가 감히 그 서슬에 맞서랴
다시 보니 그 아우가 능히 맞설 만해
운간(雲間)에는 사룡(士龍)만 있는 것이 아닐세[1]

大海回風巨浪洶。　　　群雄誰敵長王鋒。
更看難弟能劘壘、　　　不獨雲間有士龍。

■
*《왕봉상집》은 왕세정의 아우인 왕세무(王世懋)의 문집이다.
1) 사룡(士龍)은 운간(雲間)에 살았던 진나라 문인 육운(陸雲)의 자이다.
   그는 시문을 잘 지어 형인 육기(陸機)와 더불어 이륙(二陸)이라고 불렸
   는데, 순은(荀隱)을 만났을 때에 자신을 소개하면서 "운간(雲間) 육사룡
   (陸士龍)"이라고 하였다. 왕세정의 아우인 왕세무도 시문을 잘 지어 소
   미(少美)라고 일컬어졌으므로, 이 시에서도 "형제간에 이름난 이가 운
   간의 사룡만은 아니다"라고 한 것이다.

서천목 오담추의 두 문집을 읽다

讀徐天目吳甂甄二集

천루(川樓)의 흥취가 본래 맑고도 깊어
천목(天目)을 정시(正始)의 음조라고 일컬었네
서(徐)·오(吳)를 가져다가 왕(王)·리(李)에 맞서니
두보·이백이 고적·잠삼을 허락한 것이나 마찬가질세

川樓興趣本淸深。　　　天目元稱正始音。
看取徐吳敵王李、　　　還同甫白許高岑。

＊《천목집》은 천목산인 서중행(徐中行)의 문집이고, 《담추집》은 담추동
　(甂甄洞) 오국륜(吳國倫)의 문집인데, 두 사람 다 후칠자(後七子)의 일
　원이다.

계랑의 죽음을 슬퍼하다

哀桂娘

1.

아름다운 글귀는 비단을 펴는 듯하고
청아한 노래는 구름도 멈추게 하네
복숭아를 훔친 죄로 인간세상에 내려오더니
불사약을 훔쳐 인간무리를 두고 떠났네
부용꽃 휘장엔 등불이 어둑하고
비취색 치마엔 향내 아직 남았는데
이듬해 복사꽃 필 때쯤이면
그 누구가 설도의[1] 무덤을 찾아 주려나

妙句堪擒錦、　　　清歌解駐雲。
偸桃來下界、　　　竊藥去人群。
燈暗芙蓉帳、　　　香殘翡翠裙。
明年小桃發、　　　誰過薛濤墳。

■

* 계생(桂生)은 부안의 기생이다. 시를 잘 짓고 글도 알았으며, 노래와 가
　야금도 또한 잘하였다. 성격이 또한 깨끗해서 음란한 짓을 즐기지 않았
　다. 내가 그 재주를 사랑해서 거리낌없이 사귀었다. 비록 우스갯소리를
　즐기며 가까이 지냈지만, 어지러운 지경에까지 이르진 않았으므로, 오
　래도록 그 사귐이 변하지 않았다. 계랑이 죽었다는 소식을 듣고 그를 위
　해 한번 울어준 뒤에, 율시 2수를 지어 그를 슬퍼한다.
1) 당나라의 이름난 기생인데, 원진(元稹)·백거이(白居易)·두목(杜牧) 같
　은 시인들과 시를 주고받았다.

2.

처절한 반첩여의 부채에다[2]
서글픈 탁문군의 거문고일세[3]
흩날리는 꽃잎에 부질없이 한이 쌓이고
시든 난초에 마음만 상하네
봉래섬에는 구름도 자취 없고
넓은 바다엔 달도 이미 잠겼네
이제부턴 소소의[4] 집에 봄이 찾아와도
시든 버들이 그늘을 이루지 못하겠네

■

2) 반첩여가 한나라 성제(成帝)의 총애를 받았는데, 성제가 조비연(趙飛
   燕)을 총애하여 장신궁으로 물러나 있게 되자 자신의 신세를 쓸모없는
   가을부채에 비유해서 〈원가행(怨歌行)〉을 지었다.
3) 문군은 한나라 부자 탁왕손(卓王孫)의 딸인데, 한때 과부로 살고 있었
   다. 가난한 문장가 사마상여(司馬相如)가 거문고를 타면서 사랑을 전하
   자, 그 거문고 소리에 반하여 밤중에 사마상여의 집으로 달려왔다. 사마
   상여의 아내가 되었지만 아버지가 결혼을 반대하였기 때문에, 부부가
   술집을 차리고 장사하였다. 결국 탁왕손이 이들의 결혼을 인정하고, 살
   림을 차려 주었다.
   나중에 사마상여가 무릉의 딸을 첩으로 맞아들이려 하자, 탁문군이 〈백
   두음(白頭吟)〉을 지었다. 사마상여가 그 시를 보고 자기의 잘못을 뉘우
   치며, 첩 맞아들이기를 단념했다.
4) 남제(南齊) 때 전당(錢塘)에 살았던 이름난 기생인데, 그 뒤에 기생의
   범칭으로 많이 쓰였다.

悽絶班姫扇、　　悲凉卓女琴。
飄花空積恨、　　衰蕙只傷心。
蓬島雲無迹、　　滄溟月已沈。
他年蘇小宅、　　殘柳不成音。

유감
有感

1.
입김 세게 헐뜯는다고 법석대지만
화와 복은 제게 태인 것, 달아난다고 벗겨질 텐가
문창성[1]이 자식 낳다가 그치게 해달라고 빌지 마소
우리 집에 예부터 봉황의 털[2]이 있었다오

熏天謗毀極嘈嘈。　　禍福由人敢避逃。
莫祝文昌生子罷、　　我家元有鳳凰毛。

■
1) 문장을 주관하는 별의 이름이다.
2) 글재주가 뛰어난 사람의 비유이다. 옛날 중서성(中書省)의 못이 임
   금의 처소와 가장 근접해 있다 하여 봉황지(鳳凰池)라 이름하였는
   데,, 두보(杜甫)의 시 〈봉화가지사인조조대명궁(奉和賈至舍人早朝大
   明宮)〉에 "대를 이어 제왕의 조서를 쓰는 이를 알고 싶은가, 중서성
   에 지금 바로 봉황의 털이 있다네.[欲知世掌絲綸美, 池上於今有鳳
   毛.]"라고 하였다.

나주목사에 제수되었다가 곧바로 빼앗기고서

除羅州旋遞有感

호남의 큰 고을 나주가 비었다기에
동장[1]을 차고서 사또 되길 원했었지
성은을 입어서 발탁된 것 알았는데
원수놈이 탄핵한 줄 그 누가 알았으랴
여색에 빠졌다지만 내 하던 일 아니라오
치황[2]으로 세상 구경이 내 하고픈 일일세
혼자 쓸쓸한 산을 바라보며 한번 웃었네
봉래산으로 돌아가야지 머뭇거려 무엇하리

湖南雄鎭錦官州。　　　願佩銅章作邑侯。
拔擢已知蒙睿澤、　　　拜彈誰料出深仇。
陷人帷箔非吾事、　　　玩世緇黃寔自謀。
獨對山寒成一笑、　　　蓬萊歸隱敢夷猶。

■
1) 구리로 만든 관인(官印)인데, 지방의 수령을 뜻한다.
2) 치(緇)는 승려들이 입는 옷의 색이고, 황(黃)은 도사들이 입는 옷의 색
   이다. '치황'은 승려와 도사, 또는 불교와 도교를 아울러 뜻하는 말이다.

의금부 감옥에서 판결을 기다리며

待命金吾有感

의금부 문 앞에 옷보따리 내려놓고는
한 해에 두 번이나 왔길래 너무 잦다고 웃었네
지옥과 천당이라도 내게는 모두 극락정토이니
내 몸을 얽어맨 오랏줄쯤이야 부끄러울 게 없네

巡軍門外卸衣巾。　　一歲重來笑太頻。
地獄天宮俱淨土、　　肯嫌徽纏在吾身。

170

궁사 – 자물쇠 잠그는 소리만 들려오네

예전에 당나라 왕건(王建)이 그 집안사람 대당(大) 수징(守澄)에게서 궁내의 이야기를 자세히 듣고 〈궁사(宮詞)〉 100편을 지었는데, 후세의 군자들은 그 글을 신기하게 여기면서도, 그가 내시들과 가까웠다는 사실을 더럽게 여겼다. 또 그 글도 역시 대개는 궁중의 희락이어서, 훈계될 만한 것이 없었다. 지금 나는 마침 늙은 궁녀의 이야기를 들었는데, 모두 임금이나 왕후의 덕에 관한 것이어서 후사(後嗣)의 법이 될 만하였다. 글이 비록 비리(鄙俚)해서 중초(仲初, 왕건)에게는 미치지 못하지만, 후세 군자들에게 놀림은 받지 않을 것이며, 말이 세상에 훈계가 되고도 남을 것이다.

— 허균 〈궁사 소서(小序)〉

궁사
宮詞

1.

깃발 영롱하고 칼도 높이 세웠는데
안상 가에 예조 관원이 두 줄로 나눠 섰네
설날 아침에 대궐 바라보며 세 번 만세를[1] 부르자
전각의 봄구름이 채색 깃발을 감도네[2]

幢節玲瓏劍佩高。　　　案邊分立兩儀曹。
元朝望闕嵩呼罷、　　　殿角春雲擁彩旄。

11.

승정원에서 문서를 살펴보고 올려
옥새를 가진 낭관이 새벽에 대어 왔네
보함을 메고 나와 침전에 이르자
내시가 친히 받아 임금 앞에 열어 놓네

■

1) 숭호(嵩呼)는 신하와 백성들이 천자의 만세를 부르는 것이다. 한나라
　　무제(武帝)의 고사에서 나왔는데, 산호(山呼)라고도 한다.
2) 이는 망궐례(望闕禮)를 가리킨 것인데, 사대(事大)의 성실함을 으뜸으
　　로 했으니, 소견이 또한 높다고 하겠다. (원주)
　　망궐례는 설날·동지·성절(聖節)·천추절(千秋節)에 임금이 중국 궁전
　　을 향하여 절하던 예식인데, 지방의 관원들은 서울의 궁궐을 보고 우리
　　임금에게 절했다

文書監進在銀臺。　　　符璽郎官趁曉來。
撞出寶函當寢閣、　　　中官親向御前開。

18.

춘당대에서[3] 무사(武事)를 사열하느라 연이어 징 울리니
호위가 삼엄하고 채색 의장이 선명하구나
궁녀들이 뒤늦게 와서 발 틈으로 엿보며
꽃 너머서 타구하는 소리를 멀리서 듣네

春塘閱武疊金鉦。　　　戟衛森森彩仗明。
宮女晚來簾隙覰、　　　隔花遙聽打毬聲。

19.

결재된 문서들을 책상 앞에 가득 쌓고서
한꺼번에 메고 나와 합문에서 선포하네
의금부에서 올린 문서는 잘 처결해야 하니
붉은 실을 따로 가져다 자세히 묶어 놓네

■
3) 창경궁 안에 있던 대(臺) 이름인데, 왕실에 경사가 있을 때에 임금이 이
　곳에 나아가 임시로 문무과(文武科)를 베풀었다. 이곳에서 실시된 과
　거시험을 특별히 춘당대시(春塘臺試)라고 했는데, 세조 6년(1460)부터
　시작되어 20여 회 실시되었다.

裁斷文書積案前。　　一時昇出閤門宣。
金吾章奏當詳決、　　別把紅絲仔細纏。

21.
빨아 입는 옷에다 가죽신으로 겨울을 두 번 나니
모시나 명주로 어찌 일상복을 지으랴
예전 일을 잘 아는 백발의 상궁들이
검소하기가 인종 임금 같다고 모두 말하네

澣衣革履再徑冬。　　常服寧容紵縞封。
白髮尙宮知舊事、　　共言恭儉似仁宗。

23.
모진 추위가 겹창을 뚫자 임금께서 염려되어
한림을 친히 보내사 감옥살이 살피라셨네
가벼운 죄는 당장 처리해 얼어 죽는 일이 없도록
의금부와 포도청에4) 특별한 칙령을 내렸네

■
4) 원문의 상구(爽鳩)는 오제(五帝)의 하나인 소호씨(少昊氏) 시대에 도적
을 막던 관리이다. 그 뒤에 포도청을 뜻하는 말로도 쓰였다.

寒透重簾軫聖憂。　　　翰林中使按牢囚。
罪輕當決無敎凍、　　　特勅金吾與爽鳩。

28.

봄을 맞아 비원에서 종친들을 대접한다고
봉악을 높이 치고 법주를 차려냈네
투호놀이 활쏘기를 특별히 마련하니
모자에 꽂은 금은 꽃장식이 비낀 해에 찬란하구나

苑中春接內宗親。　　　鳳幄高張法酒陳。
特許投壺仍貫革、　　　帽花斜日燦金銀。

29.

왕실 계보가 해명되자[5] 종묘에 뵙고 돌아오니
백관들이 환패를 차고 봉래궁에 모셨네

■

5) 선계(璿系)는 조선 왕실의 계보(系譜)인데, 명나라《태조실록》과《대
명회전(大明會典)》에 "조선 태조(太祖)는 고려 권신(權臣) 이인임(李仁
任)의 아들이다"고 잘못 기록되어 있었다. 조선에서 몇 차례나 사신을
보내어 이 잘못된 기록을 고쳐 달라고 청했는데, 선조 때에 와서야 제대
로 고쳐졌다.

높은 장대에 해 오르자 금계가 춤을 추고
늘어선 의장 사이로 천세 소리가 들려오네

璿系昭誣謁廟廻。　　　百官環佩侍蓬萊。
高竿日上金鷄舞、　　　千歲聲從仗裏來。

35.

오늘은 사기(私忌)라서[6] 청재에 앉으시니
문서가 앞에 쌓여도 결재를 못받네
백판에다 공사를 가득 써 올리면서
연달아 사알 불러 승정원이 들썩이네

今朝私忌坐淸齋。　　　章奏盈前未取裁。
白板滿書公事進、　　　連呼司謁鬧銀臺。

■

6) 나라에서 지키는 기일이 아니라, 임금의 개인적인 기일을 뜻한다. 선조
(宣祖)는 덕흥군(德興君) 초(岹)의 셋째 아들로 태어나 인달방(仁達坊)
사가(私家)에서 자랐다. 명종의 사랑을 받아 하성군(河城君)에 봉해졌
다가, 1567년에 명종이 후사 없이 세상을 떠나자 즉위하였다. 아버지
덕흥대원군이나 어머니 하동부대부인(河東府大夫人) 정씨(鄭氏)의 기
일이 사기(私忌)에 해당된다.

43.
구름 종이에 붉은 옥새 은총의 교지에 절 올리며
소용에서 숙의로[7] 승진했다고 다투어 축하하네
궁중생활 십년 동안 품계가 오르지 못하다가
오늘에야 금대야에다 사내아이를 목욕시키네

雲牋紅璽拜恩私。　　　爭賀昭容進淑儀。
內職十年無轉級、　　　金盆今始洗男兒。

46.
여러 빈(嬪)의 방들이 액문을 맞대고 열려
밤마다 살짝 재미보러 자주 갔다가 돌아오네.
어둠 속에 웃음소리 들리지 않게 해야지
중전 상궁 갑자기 나타날까 두려워하네

諸嬪房對掖門開。　　　每夜偸歡數往廻。
暗裏不敎人笑語、　　　怕他中殿尙宮來。

<hr>

7) 후궁 가운데 소용은 정3품이고, 숙의는 종2품이다.

82.
품 좁은 깁저고리에 자잘한 꽃무늬
새로 들어온 궁녀들이 두 줄로 나뉘었네
임금님 침상을 한번 모실 차례인지
그중에서 남 먼저 붉은 치마를 입었네

衫羅窄窄小花文。　　　新入宮人兩隊分。
知是御床容一直、　　　衆中先着石榴裙。

83.
세숫대야 받들고서 소주방 지키며
섬돌 향해 무릎 꿇고 술상이나 올리네
궁 안에서 맞닥친대도 피할 생각 않으니
일생 동안 임금님 얼굴을 뵈온 적이 있어야지

匜槃直守小廚房。　　　跪向瑤墀進酒漿。
逢着內家猶不避、　　　一生曾未識君王。

84.
젊을 때에는 이불 끌어안고 춘당에서 숙직하다가
이젠 병들었으니 쉬기나 하라고 골방으로 내몰렸네
어린 궁녀를 억지로 끌어다가 대식(對食)하고는[8]
손으로 옷상자 열어서 비단 치마를 꺼내주네

初年抱被直春堂。　　　因病休閒在曲房。
强就小娥來對食、　　　手開箱篋乞羅裳。

89.
서궁으로 쫓겨난 뒤 아홉 겹 대문 닫아건 채
삼 년이 지나도록 용안을 못 뵈었네
오늘 아침에사 처음으로 누런 귤을 하사받고는
찾아온 궁녀 바라보며 쪽진 머리 매만지네

譴在西宮閉九關。　　　三年猶未覲龍顔。
今朝始賜黃柑子、　　　却對來人理翠環。

■
8) 대식(對食)이란 두 글자는 반고(班固)의 《한서(漢書)》〈비연전(飛燕
　傳)〉에서 나왔는데, 지금까지도 궁중에 있다. (원주)
　대식은 궁녀들끼리 서로 부부가 되는 것인데, 동성연애이다.

91.

문무를 뜰에 나눠 계화가 향기로운데
문틈으로 궁녀들이 두어 줄 둘러쌌네
장원 외치는 소리가 들리자 후배가 많아져
발 밀치고 다투며 녹의랑(綠衣郎)을 바라보네

分庭文武桂初香。　　　門隙宮娥擁數行。
唱到壯元多後拜、　　　排簾爭看綠衣郎。

98.

연꽃 버선 노랑 치마 남다른 사랑 입어
겨울 아침 부름받아 담요에 앉았네
임금께선 방 동쪽을 손으로 가리키시며
양귀비 목욕하는 그림을 구경하라 이르시네

藕襪緗裙荷寵殊。　　　冬朝承召跪氍毹。
官家自指堂東廡、　　　令賞楊妃出浴圖。

99.
비단옷 입고 작은 방에서 가을밤을 지키는데
서녘바람만 전각 귀퉁이에서 싸늘하게 부딪치네
잠결에 들린 소리에 임금께서 부르시는가 깨었더니
주렴을 매어둔 고리들이 서로 부딪치며 내는 소리였네

羅裯秋直小蘭房。　　　　靜夜西風殿角凉。
睡裡訝聞天語喚、　　　　壓簾銀蒜響琅當。

100.
꽃 수놓은 둥근 베개에 검은 머리 기름지고
용뇌향 사향 타는 연기에 박산향로9)가 어둑하네
장막 속에서 오경에 놀라 꿈을 깼는데
구중궁궐 겹대문에선 자물쇠 소리만 들려오네

蟠花圓枕膩雲鬖。　　　　龍麝霏熏暗博山。
帳裡五更驚夢罷、　　　　鎖聲金掣九門環。

■

9) 원문 '박산(博山)'은 박산로(博山爐)의 약칭인데, 향로의 뚜껑을 전설에
  나오는 해중의 명산인 박산처럼 만들었기 때문에 그렇게 이름을 붙였
  다.《서경잡기(西京雜記)》권1에 "장안(長安)에 장인 정완(丁緩)이란 사
  람이 또 9층의 박산향로를 만들었는데, 거기에 새겨진 기괴한 금수가
  매우 영이(靈異)하여 모두 저절로 움직였다."라고 하였다. 우리나라에
  서는 1916년에 평양 대동강 기슭의 낙랑 고분에서 발견되었다.

유배지에서

신해년(1611)에 나는 함산(咸山)으로 귀양을 갔다. 할일
이 없었으므로, 상자 속에 가져온 책들을 꺼내어 모두
들쳐보았다.《낙천집》(樂天集)을 보니, 그가 강주(江州)
로 귀양간 때의 나이가 마침 내 나이와 같았다. 그래서
희롱 삼아 그 책 처음부터 한철 봄의 작품을 차운하여
그 체를 본받고, 이름 짓기를 〈화백시〉(和白詩)라고 하
였으니 모두 25편이다.

— 〈화백시〉 머리말

경포를 그리워하며

憶鑑湖

내 고향집은 경포의 서쪽에 있으니
바윗돌 골짜기들이 회계 명승과 같아라
물고기와 새들을 사랑하며 산과 호수를 거닐던 시절。
명예와 이욕도 다 우스워라, 한때의 방편일 뿐
우연히 글을 지어 봉래전에 올렸더니
무지개와 같다고 글솜씨를 칭찬하셨네
궁궐 문을 떠난 뒤로는 쌀 구하기에 시달리며
동쪽으로 낙향한 뒤 귀뚜라미 소릴 열 차례나 들었네
베옷도 다 떨어지고 구레나룻도 서리 같지만
고향쪽을 돌아다 봐도 돌아갈 꿈은 아득해라
공연스레 입을 놀려 자주 거리낌을 당한 뒤로
끓는 국에 손을 데자 풋김치도 불게 되네
제비 참새 따위가 다락에 모여 으시대니
신룡은 오히려 진흙바닥에 웅크리고 있네
인간 세상의 모든 일이 참으로 이 같으니
두 다리가 있어도 청운의 꿈 사다리를 오르지 못하네
귀문관[1] 밖으론 나그네 길이 널찍한데

■

1) 광서성 안에 있는 관문의 이름. 기후와 물·토질이 고르지 못하여, 한번 이곳으로 추방되면 다시는 살아 돌아가지 못했으므로 이런 이름이 붙었다.

같은 또래 젊은이들은 황금띠를 띠고 있네
조롱에 갇힌 새가 퍼득대다가 날지를 못해
슬피 울다가 그 몇 번이나 남쪽 가지를 그렸던가[2]
누런 띠풀은 쓸쓸하고 하늘은 바다에 닿았는데
독기에 젖은 안개는 한낮에도 부유스름해라
객실은 괴로와서 시루 속에 앉은 듯한데
한낮의 오동나무 그늘에선 얼룩닭이 우는구나
아무리 굶주려도 꾸어 먹을 곳이 없고
장어 냄새 고약해라 논에는 피도 많네
그맬 그리면서도 그맬 만날 길이 없어
술이 생겼다지만 그 누구와 잔을 나눌까
반생 동안의 만남과 헤어짐은 슬픔과 기쁨이 많기도 해라
사람의 일이란 게 어그러짐만 많아라
따뜻한 햇볕 은택을 입어 시든 이 몸이 되살아나면
여기로부터 동쪽길로 채찍질하며 돌아가리라
고향 뜨락엔 솔과 국화 아직도 오솔길 셋이 있으리니[3]

■

2) 월나라 새가 고향을 그리워하여 남쪽 가지에 둥우리를 튼다는 옛말이
있다. 타향에서 고향을 그리워할 때 비유로 쓴다.
3) 한나라 때 장후(蔣詡)가 뜨락에 세 길을 내고 솔·국화·대나무를 심었
다. 그는 뜻이 같은 벗 두어 사람과 이곳에서 노닐었다. 그 뒤로 은자(隱
者)의 뜨락을 가리키는 말로 쓰였다.

느지막엔 농사일이나 즐기자고 내 스스로 결단했네
산과 골짜기의 풍류가 우리들의 일이어니
붕새의 길 따라잡으련 생각 다시는 않으리라.
내 이 몸이 강건하고 그대 또한 씩씩하니
서로 손을 마주 잡고 산 찾아다님도 좋으리라
섬강(蟾江)과 남도4)에 묵은 언약이 있으니
그대와 짝이 되어 언제라야 밭을 갈려나

我家住在鑑湖西、	千巖萬壑如會稽。
愛觀魚鳥放山澤、	笑遺名利同筌蹄。
偶然獻賦蓬萊殿、	爭賞彩筆吐虹霓。
金門避世困索米、	東洛十聽秋蛩嘶。
素衣花盡鬢如雪、	回首祖州歸夢迷。
空教轉喉屢觸諱、	未免懲熱仍吹虀。
燕雀徒誇集阿閣、	神龍或自蟠泥沙。
人間萬事固如是、	有脚不踏靑雲梯。
鬼門關外客路闊、	同時俊髦猶金犀。
樊翮翩翮不自擧、	哀鳴幾憶南枝棲。

■

4) 섬강은 허균의 농장과 어머니의 묘가 있는 원주에 흐르는 강이다. 김윤
식의 《운양집(雲養集)》 권7 〈귀천을 그리워하며 읊은 부[懷歸川賦]〉
원주에 "남도(藍島)는 남한강과 북한강 사이에 있다."고 하였다.

187

黃茆蕭蕭天接海、瘴煙畫黑蘆筍齊。
客軒煩墊坐深甌、桐陰日午啼彩鷄。
忍飢無處通假借、鰻魚苦臭田多稗。
思君見君不可得、有酒誰與斟玻瓈。
半生離合足悲喜、長嗟人事極多暌。
陽和布澤倘蘇槁、東路自此鞭歸驪。
故園松菊尚三逕、自斷晚歲安農畦。
風流丘壑吾輩事、鵬路莫更思攀攜。
我自康健子亦壯、探勝不妨相提携。
蟾江藍島舊有約、幾日伴子同耕犁。

동행에게 바치는 운을 써서 시름을 부치다
寓懷用呈同行韻

적벽놀이 뒤를 잇긴 어렵지마는
황강의 발자취는[1] 또한 같아라
가여운 천리 나그네에게
옛사람의 풍류가 어찌 있을까
습기 속에 이 몸이 병 많은데다
걱정으로 기운마저 꺾이었다네
산에 갇힌 유자의 신셀 슬퍼하며[2]
영주를 그리워하는 구공에겐[3] 부끄러워라
소나무는 무성해라 지조 지니고
미나리는 향그러워라 충성 바치리
고향 동산은 멀기만 해 꿈마저 고달프지만
원숭이와 학은 아직도 이 늙은일 기다리네

---

1) 송나라 소동파가 적벽에서 놀았다. 〈후적벽부〉에 '두 손님이 나를 따라
   황니 언덕을 넘었다'는 구절이 있다.
2) 당나라 유종원이 남해로 쫓겨났을 때에, 오랫동안 산이 싫증 났지만 벗
   어날 수가 없었다. 그래서 '산이 날 가두었다'고 했다.
3) 송나라 구양수가 영주로 좌천되어 갔는데, 그곳 경치가 너무나도 좋아
   서 그 뒤로도 그리워하는 시를 지었다. 허균은 그의 시 〈사영시〉 30편
   을 화운하여 다시 시를 지었다.

고향은 저 구름 너머에 있고
내 묻혀 살 곳은 대관령 동쪽에 있네
매달린 깃발처럼 이 마음 흩날리다가
북으로 돌아가는 기러길 따르네

赤壁遊難繼、	黃岡跡卽同。
自憐千里客、	那爲古人風。
瘴癘身多病、	憂虞氣挫雄。
囚山悲柳子、	思潁愧歐公。
松茂聊持操、	芹香倘獻忠。
丘園勞遠夢、	猿鶴待逋翁。
故國秦雲外、	幽居嶺海東。
愁心劇懸旆、	遙逐北歸鴻。

늦은 봄날

春暮日用歲晚書事韻

장자(莊子)의 〈제물론〉을 일찌기 배웠으니
시(詩)와 명(命)이 서로 어긋나는 걸 어이 슬퍼하랴
남도 지방의 늦은 봄을 시름으로 다 보냈으니
고개 저 너머 고향 동산은 꿈속에서나 돌아가 보네
저녁 노을에 물든 대나무에는 새가 숨어서 노래를 하고
비낀 햇살을 받으며 지는 꽃잎은 비 오듯 해라
높은 언덕에 올라 바라다보니 고향 산천은 너무나 멀고
안개 숲은 푸르스름 바닷가까지 이어졌네

曾學莊生物論齊。　　　肯嗟時命兩相違。
江南節候愁邊盡、　　　嶺外家山夢裏歸。
幽鳥似歌依晚竹、　　　落花如雨帶斜暉。
憑高一望東關隔、　　　煙樹蒼蒼接海圻。

소자정에게 답한 운을 써서 시름을 읊다
書懷用答邵資政韻

2.
물러나고 싶어도 몇 해를 끌어나가다
늘그막에 귀양갈 줄을 그 누가 알았으랴
훼방 참소 제멋대로 원수놈들이 지어냈건만
마음 행적 지나온 것 나의 벗들은 알아 주리라
봄 지난 뒤 꽃들은 병든 눈을 씻어 주고
비 개인 뒤 멧새들은 깊은 잠을 부르는 듯
주전자에 차를 달여 소갈증을 덜고 싶지만
우통[1] 제일천 샘물을 어떻게 얻어 올까

欲退銜恩歲屢延。　　　誰知遷謫在衰年。
謗讒自任仇人造、　　　心跡纔容我輩憐。
春後林花揩病眼、　　　雨餘山鳥喚幽眠。
茶甌瀹茗蠲消渴、　　　安得于筒第一泉。

■
1) 한강의 발원지 가운데 하나가 강원도 오대산(五臺山)의 우통수(于筒
水)이다.

귀양와 머무는 집에서

旅舍用大雪寺韻

낯선 곳에서의 봄도 저물려 하니
나이가 늙은 것을 어찌할거나.
숲속의 꽃 위로 빗줄기가 언뜻 스쳐가자
새들의 지저귐이 더욱 맑아졌어라
신세도 한가로와진 나그네가
하늘과 땅 사이에서 거칠 것 없이 노래부르니
삶을 잊으려고 무엇에 힘입었던가
책상 위에는 《능가경》[1]이 있을 뿐이라네

異地春將晚、　　年光奈老何。
林花經雨少、　　鳥語得晴多。
身世悠悠客、　　乾坤浩浩歌。
忘生憑底物、　　案上有楞伽。

■
1) 석가모니가 능가성(楞伽城)에서 대혜(大慧) 보살에게 설법한 내용을
   담은 불경이다. 이 경전의 핵심은 붓다의 자증성지(自證聖智, 스스로 깨
   달은 지혜)로, 붓다의 깨달음이라는 구도 아래에 모든 분별 세계가 자심
   현량(自心現量, 내 마음을 본 것일 뿐)이라는 유심(唯心) 사상, 8식설과 알
   라야식으로 대표되는 유가행파의 심식설, 그리고 알라야식과 동의어로
   서 여래장(如來藏)이 제시되고 있다. 인도 유가행파의 교리와 여래장사
   상을 결합시키는 대표적인 경전이다. 동아시아에서는 이 교설이 불교
   이해의 핵심으로 자리잡았다.

손님들을 물리치고 혼자 앉아서

攄客獨坐用北亭招客韻

불경에 향로가 고즈넉해서
쓸쓸하기가 마치 도사의 집만 같아라
섬돌에 내리는 따뜻한 햇볕은 매화 꽃술에도 쪼이고,
지게문에 와 부딪치는 서늘한 바람은 버들꽃잎을 떨어뜨리네
글 쓰는 일도 치웠기에 옛기와 벼루도 오랫 동안 말라 있는데
아궁이가 한참 달아오르니 용차나 끓여 보리라.
땅이 외져서 찾아오는 이도 없다고 말하지 마오
산속에도 벌들이 저절로 있어 관청에까지 날아든다오

經卷爐香寂不譁。　　蕭然如在羽人家。
當階暖日烘梅蕊、　　撲戶輕颸墮柳花。
節瓦久乾抛兔翰、　　焦坑方熱試龍茶。
休言地僻無來往、　　自有山蜂趁兩衙。

관아의 벽도가 비에 꺾였기에

官墻碧桃爲雨所折用死薔薇韻

아름다운 벽도화가 고운 웃음 머금었으니
아마도 신선세계[1]에서 옮겨 왔을레라
꽃잎 흩날리는 거야 비에 눌린 탓이지
가지 꺾여진 게 어찌 뿌리 시든 탓일까
굴원이 돌덩이 안고 빠져 죽은 날이고[2]
왕소군이 변방을 나가는 때일세[3]
벌은 근심에 싸여 떨어진 꽃잎에 붙고
꾀꼬리는 원망하며 살아남은 가지를 쪼네
만물의 성(性)은 피었다 시드는 법
사람도 또한 성했다가는 쇠한다네
내년에도 다시 필 수 있을는지
하늘 뜻은 참으로 알기 어려워라

■

1) 원문의 '낭원(閬苑)'은 곤륜산(崑崙山) 꼭대기에 있는 낭풍산(閬風山)으로 신선이 사는 곳이다. 당나라 시인 허작(許碏)의 시에 "낭원의 꽃 앞에서 술에 취하여, 서왕모의 구하상 그릇 엎질렀네.[閬苑花前是醉鄕, 踏飜王母九霞觴.]" 라고 하였다. 《전당시(全唐詩) 권861 취음(醉吟)》

2) 초나라 충신 굴원(屈原)이 모함을 받고 쫓겨나 강가를 떠돌아다니다가 강에 빠져 죽었다. 이때 〈회사부(懷沙賦)〉를 지었다.

3) 왕소군(王昭君)은 한나라 원제(元帝)의 궁녀인데, 이름은 장(嬙)이고 소군은 그의 자이다. 후궁 가운데 가장 예뻤지만 화공(畵工)에게 뇌물을 주지 않았기에 원제의 눈에 띄지 않았다. 흉노 호한선우(乎韓單于)가 미인을 구하였으므로, 황제는 그를 주었다. 왕소군은 융복(戎服)에 말을 타고 비파를 들고 변방을 나갔다가 끝내 흉노땅에서 죽었다.

瓊樹含嬌笑、　　疑從閬苑移。
飄零因雨壓、　　摧折豈根萎
屈子懷沙日、　　昭君出塞時。
蜂愁粘落蕊、　　鶯怨啄殘枝。
物性元榮悴。　　人生亦盛衰。
明年能再發。　　天意諒難知。

문집을 다 엮고서
文集完用閑吟韻

마흔세 살 되도록 글이나 짓는다고
천금을 털어 애쓰며 버티었네
시와 문장 열 권 쓰기를 방금 마쳤으니
오늘부턴 이 성옹[1]이 다시 읊지 않으리라

四十三年攻翰墨、　　　千金弊帚枉勞心。
詩文十卷方書了、　　　從此惺翁不復吟。

■

1) 허균의 호는 교산(蛟山)이 더 널리 알려졌지만, 이 문집의 제목을 《성소
부부고(惺所覆瓿藁)》라고 지었으므로 성옹(惺翁)이란 호를 썼다. 성성
옹(惺惺)은 마음을 밝게 항상 깨어 있게 한다는 것으로 유가의 수양법
인 경(敬)을 말한다. 송(宋)나라 사양좌(謝良佐)가 "경이란 항상 성성하
게 하는 법이다.[敬是常惺惺法.]"라고 하였다. 《심경부주(心經附註)
권1》
성성옹이란 마음, 또는 경(敬)을 의인화하여 붙인 이름이다.

을병조천록(乙丙朝天錄)

근년에 석주(石州)옹이 붓과 벼루를 태운 것을 본받아서 시를 짓지 않겠다고 맹세한 지가 거의 서너 해 되었다. 지난해(을묘 1615) 중국에 사신이 되어 가다가 도중의 길이 어렵고 괴로워서 근심을 풀 길이 없기에, 짐짓 손이 움직이는 대로 기분을 풀어내어 한때의 감회를 시에 위탁하였다. 한참 지나자 비단 시 주머니에 넘쳐났으므로, 그 시들을 엮어서 360여 편을 이루었다.

기려하고 고우며 쾌활하고 기름지기로는 비록 지난날에 미치지 못하지만, 화평하고 돈후하기로는 젊은 시절의 작품보다 나았다. 마음에 구상하여 얻은 것이 아니기에 깊이 사색하여 겨우 얻은 것보다 낫게 된 것이니, 나도 어떤 연유로 그리 되었는지는 모르겠다.

때는 명나라 만력 병진년(1616) 3월 3일 저녁 촉재주인(燭齋主人)이 용만(龍彎) 반금당(伴琴堂)에서 쓴다.

蛟山
許筠

지난해 압록강을 건너는 날 유격장군
구탄 유융이 망강사 연회에 초청하기에
시를 지어주었는데, 올해에 또 사신으로
다시 압록강을 건너게 되었건만 구공이
무예 시험의 일로 힐책 공문을 받고
요양으로 갔기에 옛 모임을 이을 수 없게
되었으므로 느낌이 있어 짓다

客歲過江之日 丘遊戎邀宴望江寺 賦詩相贈 今
年又叨使价 再涉鴨江 則丘公以試武擧蒙臺檄
往遼陽 不獲屬舊會 感而賦之

강 언덕 절에서 지난해 모였을 때
번당과 사령 깃발이 현란하게 하늘을 메웠었지
글 주고받으며 격조했던[1] 정을 펴고
웃고 이야기하며 느긋하게 머물렀었지
사행 깃발 앞세우고 힘들여 거듭 들렀건만

■

* 구탄(丘坦, 1564~?)의 자는 탄지(坦之), 호는 장유(長孺)이다. 1606년
  순천부 무과의 회원(會元)으로 합격한 뒤에 요해(遼海) 진강(鎭江, 구련
  성) 유격장군으로 왔었다. 구탄은 이지(李贄)의 친구로서 시문을 잘 짓
  고 서법에 뛰어났으며, 원굉도(袁宏道)의 문집에 그와 주고받은 시문이
  많다. 1602년에 명나라 신종(神宗)이 한림원 시강(翰林院侍講) 고천준
  (顧天峻)과 행인사 행인(行人司行人) 최정건(崔廷健)을 보내 황태자의
  책봉 조서를 보낼 때에 따라와 종사관 허균과 만났다.
1) 원문의 결활(契闊)은 오래 이별함을 뜻한다. 《시경》〈패풍(邶風) 격고
  (擊鼓)〉에 "죽든 살든 멀리 떨어져 있는, 그대와의 약속 이루자고 하였
  노라.[死生契闊, 與子成說.]"라고 하였는데, 주에 "契闊, 隔遠之意"
  라고 하였다.

이별의 술잔을 다시 돌리지 못하는구나
요동 도독이 가시나무를 걷어 주어
연회 자리에 다시 오르도록 허락하기를

崖寺前年會、　　　幢旄絢塞天。
篇章申契濶、　　　談咲借留連。
征旆勞重過、　　　離杯負更傳。
遼圍行撤棘、　　　倘許再登筵。

길가에서 서상기 연희1)를 하는 자가 있기에
路左有演西廂戲者

1.
여인 옷차림으로 분장하고 너울너울 춤추며
북 치고 퉁소 부니 시장바닥이 시끄럽구나
《서상기》새 잡극을 연출해내니
최낭자2)의 남긴 향기가 지금도 전하네

假粧雌服舞蹁躚。　　　搖鼓吹簫鬧市廛。
粉出西廂新雜劇、　　　崔娘遺臭至今傳。

2.
소년시절에 일찍이 회진시3)를 읽고는
원미지4)가 지은 전기를 비루하게 여겼지

■
1) 원문 '서상희(西廂戲)'는 잡극 극본인 《서상기(西廂記)》를 공연하는 놀이이다. 장군서(張君瑞)라는 청년이 최앵앵을 사모하여 벌어지는 이야기를 원진(元稹)이 〈회진기(會眞記)〉, 일명 〈앵앵전〉으로 썼는데, 원나라 왕실보(王實甫)가 희곡으로 각색한 것이다.
2) 원문 '최낭(崔娘)'은 당나라 원진(元稹)이 지은 〈회진기(會眞記)〉의 여주인공 최앵앵(崔鶯鶯)을 말한다.
3) 회진시(會眞詩)는 '미인을 만나는 시'라는 뜻이다. 원진의 〈회진기(會眞記)〉에 '장생이 앵앵에게 회진시 30운(韻)을 지어 보냈다고 하였는데, 장생의 시는 없고 원진이 차운한 회진시만 실려 있다.
4) 미지는 원진(元稹, 779~831)의 자이다. 15세의 나이로 명경과(明經科)에 급제했으며, 백거이(白居易)와 함께 신악부운동(新樂府運動)을 주도하고 친밀하게 지내어 원·백(元白)으로 일컬어졌다.

사실을 기록하며 이름 바꾼 것은 참으로 기량이다만
명예와 절개가 가장 먼저 어그러져 가련하구나

少年曾讀會眞詩。　　　嘗鄙微之作傳奇。
紀實換名眞伎倆、　　　可憐名節寂先虧。

연경 시장바닥의 노래

燕市行[1]

나는 연 땅 천 리를 다 가도록
감개하여 슬픈 노래 부르는 인사를 못 만났네
어찌 시절 못 만난 호걸들이 없을까
단연코 위로 현명한 천자가 있기 때문일세.
황금대[2]가 황폐하여 잡풀들 돋아났으니
형가 추천한 전광 선생[3]은 지금 어디 있는가
역수[4]의 차가운 물결은 날 저물자 절로 급해지고

■

1) '연시(燕市)'는 전국시대 연(燕)나라 수도 연경(燕京)의 시장인데, 지금
   의 북경에 속한 지역이다. 전국시대 때 형가(荊軻)가 연나라 시장에서
   개백정들과 어울리며 놀다가 연나라 태자 단(丹)의 요청으로 진시황을
   죽이러 떠났다. '행(行)'은 악부(樂府)에서 기원하여 율격이 비교적 자
   유로운 가행(歌行)의 양식으로, 명나라 서사증(徐師曾)의 《문체명변(文
   體明辨)》에 "걸음걸이를 맞추되 빨리 내달려 한껏 치달려서 술술 나아
   가 막히지 않는 것이 행(行)이다.[步驟馳騁, 疏而不滯者曰行.]"라고
   하였다.
2) 연나라 소왕(昭王)이 국도(國都)의 동남쪽에 쌓아 놓고 천하의 어진 선
   비들을 모집했던 곳이다.
3) 전국시대 연나라 처사이다. 태자 단이 그의 현명함을 알고 진왕(秦王)
   을 죽일 일을 의논하자, 자기는 나이가 많다고 거절하고 형가를 추천하
   였다. 태자가 이 일을 누설하지 말 것을 부탁하자, 남에게 의심받음을
   탄식하고 자결했다.
4) 하북성(河北省)에 있는 강의 이름. 형가가 태자 단의 원수를 갚아 주기
   위하여 진시황(秦始皇)을 암살하려는 자객으로 길을 떠날 때에, 전별하
   러 나온 많은 사람들에게 "바람 쌀쌀하니, 역수가 차갑구나. 장사 한번

형가 보내던 날 흰 옷의 빈객들은 모두 재가 되었구나
태자 단이 황금구슬 올리자 암살의 짧은 계책 결단했건만
진시황 궁 기둥에 기대 거만하게 흘기며 꾸짖었을 뿐
애석하구나. 형가의 졸렬한 검술이여!
공연히 번오기로 하여금 목을 찔러 피 흘리게 했구나
찬 구름과 뭉친 눈이 하늘 사방에서 쏟아지니
북풍이 썰렁하여 사람 마음을 슬프게 하네
시장바닥에서 축(筑)을 연주했다고 그대여 웃지 말게나
아마도 당시의 고점리5)와 어찌 같으랴
나는 짧은 옷 허리춤에 칼을 차고서
돼지어깨살6) 한 덩이 들고 말술 마시며

■
가면 다시 돌아오지 않으리라.[蕭蕭兮易水寒, 壯士一去不復還.]"라
는 시를 지어 이별한 곳이다.
5) 전국시대 연나라 시장에서 개를 잡는 백정으로 살면서 축(筑)을 잘 연
주하던 사람인데, 연나라에 와서 놀고 있던 위(衛)나라 사람 형가와 친
하게 지냈다. 형가가 진시황 저격에 실패한 뒤에, 고점리가 진시황을 죽
이려고 축 속에 납덩이를 넣어 가지고 가서 진시황을 쳤다. 그러나 진시
황의 종지뼈만 상하게 하고 죽이지는 못했으며, 진나라 군사에게 잡혀
처형되었다.
6) 항왕(項王)이 홍문연(鴻門宴)에서 한나라 고조를 죽이려 하는 것을 알
고 번쾌(樊噲)가 고조를 도피시킨 다음, 머리털을 곤두세우고 눈을 부
릅뜬 채로 항왕의 앞에 들어서자, 항왕이 "장사로구나, 술을 내려라. …
돼지 어깨를 내려라.[壯士! 賜之巵酒. … 賜之彘肩.]"라고 명하였다.

도박하는 무리 술 파는 무리7)를 쫓아 노닐리니
어쩌면 어진 사람이 백정 사이에 숨어 있을지 모르겠네

我行燕地一千里。	不逢感慨悲歌士。
豈無豪傑未遇時、	端爲上有明天子。
黃金臺廢生草萊。	田光先生安在哉。
易水波寒暮自急、	賓客白衣俱塵灰。
金丸投盡短計決。	倚柱倨罵徒眦裂。
惜哉荊卿劍術踈、	空使於期頸流血。
寒雲醒雪天四垂。	北風蕭令心悲。
市中擊筑君莫笑、	恐類當時高漸離。
我欲腰刀衣短後。	持一彘肩沽斗酒。
去從博徒賣漿游、	倘有賢人隱屠狗。

■

　번쾌가 다 마시고 나자 항왕이 또 "장사여! 더 마실 수 있겠는가?" 하니,
번쾌가 대답하기를 "신은 죽음도 피하지 않으니 술이야 어찌 사양하겠
습니까."라고 하였다. 《사기》권7 〈항우본기(項羽本紀)〉

7) 《사기(史記)》〈위공자전(魏公子傳)〉에 "지금 내가 듣기로 도박하는 무
리 및 술 파는 자들과 망녕되이 종유하니, 공자는 망녕된 사람일 뿐이
다.[今吾聞之, 乃妄從博徒賣漿者游, 公子妄人耳.]"라고 하였다.

이씨의《분서》¹⁾를 읽고
讀李氏焚書

1.
맑은 조정에서 독옹의 서적 태웠으나
그 도는 여전히 남아 다 태우지를 못했구나
저 불교나 이 유학이나 같은 깨달음이라고
세간에서 멋대로 의론하여 절로 어지러웠지

淸朝焚却禿翁父、　　　其道猶存不盡焚。
彼釋此儒同一悟、　　　世間橫議自紛紛。

2.
구탄이 나를 손님처럼 예우했으니
기린 봉황같이 높은 풍모를 친히 보아 즐거워라
늘그막에 이탁오의 인물론을 읽고는
이미 책 속 사람이 되어 있음을 비로소 알았네

---

1) 명나라 만력(萬曆) 연간에 요안지부(要安知府)를 지낸 이지(李贄, 1527~1602)가 1590년에 출간한 저서이다. 이지가 서문에서 이 책의 성격을 "또 하나의 저서는《분서(焚書)》인데, 마음 맞는 벗들의 편지 물음에 대한 답장으로 요즘 학자들의 폐단에 대해 자못 절실하게 언급하였다. 그들의 고질병을 정면으로 비판하였으니 그들이 반드시 나를 죽이려 할 것이기에 책을 태워버리려고 하였다. 응당 불태워 없애야 하고 남겨두면 안 된다는 뜻이다."라고 설명하였다.

丘侯待我禮如賓。　　　麟鳳高標快覩親。
晚讀卓吾人物論、　　　始知先作卷中人。

3.

이 늙은이가 이미 탁로(卓老)[2]의 명성을 알고는
참선의 기쁨으로 평생을 마치려 했기에
글 이뤄 비록 진시황 분서는 만나지 않았어도
대간의 탄핵을 세 번이나 받아 마음이 통쾌하구나

老子先知卓老名。　　　欲將禪悅了平生。
書成縱未遭秦火、　　　三得臺抨亦快情。

■

2) 이지가 《분서》 서문에 "탁오노자가 용호의 취불루에서 적다[卓吾老子
　　題湖上之聚佛樓]"라고 서명하였다.

원중랑[1]의 〈주평〉 뒤에 쓰다

題袁中郎酒評後

1.

원중랑의 술 비평은 시평과 비슷해
강남의 풍류가 한 시대였지
홀짝홀짝 마시든 경쾌하게 기울이든 모두가 묘하니
술 마시는 일에 어찌 기이한 신선풍만 있으랴

石公評酒似評詩。　　　江右風流此一時。
細呷快傾俱妙理、　　　飮中寧獨行仙奇。

2.

일찍이 구준이 술잔 드는 걸 보니
반쯤 취하면 높이 시 읊어 기백이 웅대했지
원중랑의 우아한 해학은 참으로 우스워라
오나라 소가 풀 뜯어먹는 일에 잘못 비유했구나

曾覯丘侯把酒杯。　　　半酣高詠氣雄哉。
中郎雅謔眞堪笑、　　　錯比吳牛囓草來。

■
1) 명나라 오령(吳令)을 지낸 문신(文臣) 원굉도(袁宏道)의 자가 중랑(中
　郎)이다.

19일 자금성에 들어가 천자를 뵙다

十九日見朝

1.

새벽을 쓸며 푸른 문 궁궐1)로 달려가자
엄중한 도성을 새벽 종이 여는구나
어진 이들 불러서 금마문2)으로 모이게 하고
황태자는 아침 인사3)하러 동룡문4)을 여네
여섯 형상의 봉황5)은 천자 의장 뒤따르고
까마귀 떼는 비원 소나무에 흩어졌구나
누가 알랴 지난 해의 나그네가
우악스런 은혜를 거듭 입는 것을

■

1) 원문은 '청금(淸禁)'인데, 한(漢)나라 때 궁궐의 문에 푸른빛 문양을 새
  겼기 때문에 이렇게 부른다.
2) 원문의 '금마(金馬)'는 금마문(金馬門)의 준말로, 한나라 미앙궁(未央宮)
  의 문 앞에 구리로 만든 말이 있었으므로 붙여진 궁궐문의 이름이다.
3) 원문의 '문침(問寢)'은 문침시선(問寢視膳)의 준말로, 황태자가 왕과 왕
  비에게 문안을 드리는 일이다. 주나라 문왕(文王)이 세자로 있을 적에
  아침과 점심과 저녁 등 하루에 세 차례씩 아버지 왕계(王季)에게 문안
  을 올리고 수라를 살핀 데서 유래하였다.
4) 한나라 때 태자가 거처하던 곳의 문이 용루문(龍樓門)이다.
5) 원문의 '육상(六象)'은 봉황이 가지고 있는 여섯 가지 특징이다. 머리는
  하늘을 형상하고, 눈은 해를 형상하며, 등은 달을 형상하고 날개는 바람
  을 형상하며, 다리는 땅을 형상하고 꼬리는 오위(五緯)를 형상한다.《태
  평어람(太平御覽)》권915 우족부(羽族部)

拂曉趨清禁、　　嚴城啓曙鍾。
招賢集金馬、　　問寢闢銅龍。
六象隨天仗、　　群鴉散苑松。
誰知去年客、　　重被渥恩濃。

동짓날 자금성에 들어가 조회하다
至日入朝

황옥 수레¹⁾는 하늘 아래 엄중하고 상로²⁾도 진설하여
큰 조정에 환패 동곳 관띠 차림의 고관들이 모였구나
붉은 구름이 덮개 같아 청쇄³⁾의 궁중 단란하고
붉은 아침해가 바퀴처럼 올라와 자신전을 내리 쏘네
함께 기뻐하노니 절기가 천자의 수명을 늘려주어
백성들을 홍균(洪鈞)⁴⁾의 덕화에 들게 하였구나
원추새 반열⁵⁾에 끼어 나아가길 지금 세 번째

■

1) 누런 비단으로 뚜껑을 덮은 천자의 수레를 뜻한다. "기신이 황옥거를 타
   고 소꼬리로 만든 깃발을 왼쪽에 꽂고서 말하기를 '성 가운데 식량이
   모두 떨어졌으므로, 한왕이 항복한다.' 했다.[紀信乘黃屋車傅左纛曰,
   城中食盡, 漢王降.]"《사기》권7〈항우본기(項羽本紀)〉
2) 옛날 천자(天子)에게는 옥로(玉輅)·금로(金輅)·상로(象輅)·혁로(革
   輅)·목로(木輅) 등 5로가 있었다.
3) 한나라 때에는 궁궐 문에 청색의 사슴 무늬를 그렸기 때문에 궁궐의 문
   을 청쇄문(靑瑣門)이라고 불렀다.
4) 도자기를 만들 때 돌리는 큰 물레를 말하는데, 흔히 대자연이 원기를 조
   화시켜 만물을 생성하는 것을 뜻하는 말로 쓰인다. 두보(杜甫)의 시〈상
   위좌상(上韋左相)〉에 "천하에 장수의 고장을 열고, 한 기운으로 우주를
   다스리네.[八荒開壽域, 一氣轉洪鈞.]"라고 했다.
5) 원문은 '원항(鵷行)'으로, 조정 백관(百官)들의 행렬을 가리키는 말이
   다. 두보(杜甫)의 시〈동지일에 흥이 나서, 북성(상서성)의 옛 각로와 두
   원의 지인들에게 삼가 부친다[至日遣興奉寄北省舊閣老兩院故人]〉
   2수 중 제1수에 "오경 삼점에 조정 반열에 들어간다.[五更三點入鵷
   行.]"라는 구절이 있다.

화축(華祝)[6] 올릴 기회를 이국 사람에게 주셨네

黃屋宵嚴象輅陳。　　　大廷環珮集簪紳。
彤雲蔭盖團靑瑣、　　　紅旭丞輪射紫宸。
共喜歲陽延壽算、　　　遂令民物囿洪鈞。
鵷行簉跡今三度、　　　華祝偏傾□[7]海人。

■

6) '화봉삼축(華封三祝)'의 준말이다. 화(華) 땅의 봉인(封人)이 요(堯) 임
금에게 수(壽)·부(富)·다남(多男) 세 가지를 축원했던 데서 나온 말로,
이후 송축(頌祝)을 나타내는 말로 쓰이게 되었다.《장자》〈천지(天地)〉
에 나온다.
7) 필사본에 한 글자가 빠져 있다.

214

종계변무에 관한 복제[1]에 '장차 사관으로 하여금 문안을 찬수하여 초출해서 해내에 보여야 합니다'라고 했다는 말을 듣고, 기쁨을 기록하여 시를 짓다

聞辨誣覆題 將令史館纂修成案 抄示海內云 志喜賦之

억울함 밝히게 포고하라는 총우의 굴곡진 조칙
특별히 제술과 윤문을 큰 선비에게 허락하였네
국전(國典)과 사가(史家)의 치욕을 거듭 벗겨주라 하시니
억지 이야기[2]가 감히 무함을 전하랴?
선왕의 열렬하신 공적은 북두 자루에 빛을 더하고
상제의 큰 은혜는 바다 밖에서도 흠뻑 젖으리
성스런 군주가 계승하고 조술하신 일이니
소신이 무슨 힘으로 큰 꾀를 도왔으리

---

1) 우리나라에서 보낸 주문에 의거하여 중국 예부에서 올린 제본(題本)을 말한다.

2) 원문의 '영서 연설(郢書燕說)'은 견강부회의 억설이다. 영인(郢人)이 연(燕)나라 재상에게 보내는 외교 문서를 쓰다가 어두워서 촛불을 잡고 있는 자에게 "촛불을 들라.[擧燭.]"라고 말하고는 자신도 모르게 '거촉(擧燭)'이라는 글자를 써넣고 말았다. 이 글을 받은 연나라 재상은 촛불을 들라는 말을 어진 이를 등용하라는 비유라 생각하고 연왕에게 이 뜻을 고하여 연나라가 크게 다스려졌다.《한비자(韓非子)》〈외저설(外儲說)〉

昭冤播告寵章紆。特許編摩付碩儒。

國典史家重刷恥、郢書燕說敢傳訛。

先王丕烈星增炳、上帝洪恩海幷濡。

自是聖神能繼迷、小臣何力翊宏謨。

북원¹⁾의 낡은 초가를 그리워하면서 앞 시의 운을 가지고 회포를 적다
懷北原弊廬用前韵記懷

고향집 마당 세 길²⁾이 날로 거칠어가고
냇가 나무에 바람 높아 잎이 절로 호소하리
만사가 밭 갈고 독서함만 못하니
은총이 남다르다만 관직은 연모하지 않는다오
초헌과 관복³⁾의 아이 연극으로도 짐짓 은둔할 만하지만⁴⁾
일구일학(一丘一壑)⁵⁾의 첫 맹서를 어이 뻔뻔하게 속이랴?
정승의 문 안에 술 취해 누워 결국 해악을 멀리했으니
완씨⁶⁾가 몸 보전했던 일이 역시 큰 꾀였구나

■

1) 지금의 강원도 원주시(原州市)이다.
2) 원문은 '삼경(三逕)'으로, 한(漢)나라의 은사(隱士) 장후(張詡)가 집으로 통하는 길을 세 가닥으로 내어두었던 고사에서 온 말이다.
3) 원문은 '헌상(軒裳)'으로, 지체 높은 관원의 수레와 관복을 말한다.
4) '대은(大隱)'의 뜻을 말한 것이다. 몸은 번잡한 시조(市朝)에 있으면서 뜻은 속세를 벗어나 고원한 이상을 추구하는 것을 대은이라고 한다. 진(晉)나라 왕강거(王康琚)의 〈반초은시(反招隱詩)〉에 "소은은 산속에 숨고, 대은은 시조에 숨는다.[小隱隱陵藪, 大隱隱市朝.]"라고 했다.
5) 원문은 '구학(丘壑)'이다. 은거하여 초야에서 산수를 즐기는 일 또는 그 거처하는 곳을 이른다.《한서(漢書) 서전 상(敍傳上)》에 "한 골짜기에서 고기를 낚으니 만물이 그의 뜻을 범하지 못하고, 한 언덕에서 소요하니 천하가 그의 즐거움을 바꾸지 못한다.[漁釣於一壑, 則萬物不奸其志, 棲遲於一丘, 則天下不易其樂.]"라고 했다.
6) 죽림칠현(竹林七賢)의 한 사람인 완적(阮籍)을 말한다. 자(字)는 사종(嗣宗)으로, 노장(老莊)과 술을 좋아했다. 벼슬이 산기상시(散騎常侍)에 이르렀으나, 어수선한 세상을 떠나, 강호에 숨어 몸을 보전했다.

故園三逕日荒蕪。溪樹風高葉自呼。
萬事不如耕讀好、一官非戀寵恩殊。
軒裳兒劇聊依隱、丘壑初盟肯厚誣。
醉臥相門終遠害、全身阮氏亦宏謨。

이른 아침에 황제 은혜에 감사하다
謝恩早朝

단문¹⁾을 활짝 여니 새벽 빛이 차가운데
붉은 뜰에 칼과 패옥 찬 관원들이 원추·난조²⁾처럼 모이네
휘황하게 이지러진 달은 황금방에 밝고
뭉게뭉게 맑은 구름은 승로반³⁾에 어렸구나
잔디 뿌리 엉기듯⁴⁾ 감히 백관들⁵⁾과 함께 하길 바라랴
뒤웅박 매달리듯⁶⁾ 삼한에 갇혀 있어 안타까워라

■

1) 북경 황성(皇城)의 정문인 천안문과 자금성의 정문인 오문(午門) 사이에 있는 문이다.
2) 봉황의 일종인 원추(鵷雛)와 난조(鸞鳥)로 조정의 반열을 뜻한다.
3) 한(漢)나라 무제(武帝)가 일찍이 신선을 사모하여, 건장궁(建章宮)에 20장(丈) 높이의 구리 기둥을 세우고 이슬을 받는 선인장(仙人掌)을 그 기둥 위에 설치하여 이슬을 받아서 옥가루에 타서 마셨다.
4) 원문은 '여련(茹連)'으로, 뜻을 같이하는 현인들과 함께 때를 만나 조정에 진출하여 국가 대사를 도모하는 것을 비유한 말이다. 《주역 태괘(泰卦) 초구(初九)》에 "서로 뒤엉켜 있는 잔디 뿌리를 뽑아 올리듯, 동류와 어울려 함께 나아오니 길하다.[拔茅茹, 以其彙, 征吉.]"라고 했다.
5) 원문은 '백벽(百辟)'으로, 《시경 문왕(文王)》에 "하늘이 하는 일은 소리도 냄새도 없지만, 오직 문왕을 본받으면 만방이 진작하여 믿으리라.[上天之載, 無聲無臭, 儀刑文王, 萬邦作孚.]"라고 하였다.
6) 자유롭게 다니지 못하는 처지를 비유한다. 《논어 양화(陽貨)》에 "내가 어찌 뒤웅박처럼 한 곳에 매달린 채 먹기를 구하지 않을 수가 있겠는가?[吾豈匏瓜也哉, 焉能繫而不食?]"라고 탄식한 공자의 말이 보인다.

아침 끝나도록 어진 신하들 지나감을 다 보고는
조선 땅[7]에 이난[8] 있음을 알 듯하구나

洞啓端門曙色寒。　　　彤庭劍珮集鵷鸞。
輝輝缺月明金牓、　　　冉冉晴雲簇露盤。
敢冀茹連參百辟、　　　只嗟匏繫限三韓。
終朝閱盡群賢過、　　　倘識箕封有二難。

7) 원문은 '기봉(箕封)'으로, 기자(箕子)가 봉해진 땅, 즉 우리나라를 가리
   킨다. 《사기 권48 송미자세가(宋微子世家)》에 기자가 주(周)나라 무왕
   (武王)의 봉함을 받고 백마를 타고서 조선으로 왔다고 한다.
8) 두 가지 얻기 어려운 것, 곧 어진 주인과 아름다운 손님, 성군(聖君)과
   현신(賢臣)이 만나는 것을 말한다. 왕발(王勃)의 〈등왕각서(藤王閣序)〉
   에 "네 가지 아름다움이 갖추어지고 두 가지 어려운 일이 아울러 갖춰
   졌다.[四美具, 二難幷.]"라는 구절에서 온 말이다.

용우기[1] 공이 저술한 《성학계관》[2]을 읽고서

賣書人王老 元日贈一書 乃今御史龍公遇奇所
述聖學啓關也 公之爲學造詣實踐 吾不敢知 讀
其書 醒然有得 回首四十年 所讀書雖極博極精
其於入道復性 毫無干預 是乃虛費脣舌也 豈不
惜哉 賦一絶以懺前非云

설날에 처음으로 성학의 책을 보고는
근래에 미혹했던 상념이 홀연 제거되었네
평생 삼천 권을 독파했어도
오직 몸뚱이를 좀벌레[3]나 만드는데 알맞았다니

■
* 원 제목이 무척 길다. 〈책장수 왕 노인이 설날 책 한 권을 보내왔는데,
  지금 어사 용우기 공이 저술한 《성학계관》이었다. 용공의 학문은 조예
  와 실천이 어떤지를 내가 감히 알지 못하지만, 그 책을 읽고서 마치 정
  신이 번쩍 들 정도로 터득한 바가 있었다. 돌이켜 보면 40년 동안 읽은
  책들이 비록 몹시 해박하고 몹시 정밀했다고 하여도 도에 들어가 본성
  을 회복하는 데에는 조금도 도움이 되지 않았다. 입술과 혓바닥만 허비
  한 셈이었으니 어찌 애석하지 않겠는가. 절구 한 수를 지어 지나간 잘못
  을 뉘우친다〉
1) 명(明)나라 길안(吉安) 출신의 학자로 자는 재경(才卿), 호는 자해(紫
   海)이다. 1601년 진사로, 벼슬이 감찰어사(監察御史)에 이르렀다.
2) 원명은 《성학계관억설(聖學啓關臆說)》이다. 용우기(龍遇奇)가 감찰
   어사로 섬서성(陝西省)을 순안(巡按)할 때에 유생들에게 강학한 이
   야기를 기록한 것으로, 미오(迷悟), 농담(濃淡), 박복(剝復), 총달(寵
   達), 사생(死生), 성범(聖凡), 내외(內外), 면안(勉安)의 8관(關)으로
   구성되었다.
3) 책을 갉아먹는 벌레인데, 깊은 내용을 받아들이지 못하고 겉 면만 읽었
   다는 뜻으로 썼다.

元日初觀聖學書。　　向來迷念忽銷除。
平生讀破三千卷、　　只合將身作魚蠹。

정월 보름날 밤에 거리에 나가도 좋다는
말을 듣고 느낌이 있어서 짓다.
상사 지애의 운을 쓰다

聞元宵放街有感而作 用芝崖韻

정월 대보름 밤이라 천하가 즐거우니
제왕의 도성이라 가장 으스댈 만하네
조칙 내려 금오(金吾)의 법금을 풀어주고
황제 은혜로 자금성 관아 출근을 멈추게 했네
별모양 둥근 등불 찬란하게 밝고
달모양 조개 장식은 어지럽게 얽혔는데
병으로 누워 홀로 맑게 감상하며
바다 끝 고향 산을 생각하노라

元宵天下樂、　　帝里寂堪誇。
詔弛金吾禁、　　恩停紫殿衙。
星毬明燦爛、　　月蚌亂交加。
病臥孤淸賞、　　家山憶海涯。

병중에 회포를 기록하면서 평생을 추억하다
病中記懷追平生

1.

박복하여 열 두 살에 고아되는 슬픔을 겪어
뜰 지나다가《시》익혔느냐는 말씀[1]을 다시 듣지 못했네
반평생 뜻 이루지 못해 선친의 가르치심 어기고
벼슬 탐해 상대부까지 오르니 부끄럽구나

謏薄堨悲十二孤。　　　聞詩無復過庭趨。
半生落拓荒先訓、　　　慙愧官叨上大夫。

2.

몸가짐을 예전부터 검속하지 않아서[2]
진흙길에서 떠밀려[3] 세월을 허비하였구나[4]

■

1) '과정추(過庭趨)'는 부친에게 학문을 배우는 것을 말한다. "공자가 홀로
서 있을 때 아들 리(鯉)가 종종걸음으로 뜰을 지나갔다. 공자가 그에게
'시를 배웠느냐'라고 물으니 '아직 배우지 못했습니다'라고 하였다. '시
를 배우지 않으면 말을 할 수 없느니라.'라고 하자, 리가 물러나 시를 배
웠다.[嘗獨立, 鯉趨而過庭, 曰學詩乎? 對曰未也. 不學詩, 無以言.
鯉退而學詩.]"라는《논어(論語) 계씨(季氏)》의 구절에서 유래하였다.
2) 원문의 '정휴(町畦)'는 밭두둑 또는 이랑인데, 선인과 악인, 군자와 소인
을 엄격히 갈라 보는 것을 뜻한다.
3) 원문의 '추제(推擠)'는 배격하여 죄에 빠뜨린다는 뜻이다. 소식(蘇軾)
의 〈여모령방위서보사(與毛令方尉游西菩寺)〉에 "떠밀어도 조정을 떠
나지 않은 지 이미 삼 년이니, 저 임천(林泉)의 물고기와 새가 어리석은
나를 비웃으리.[推擠不去已三年 魚鳥依然笑我頑]"라고 하였다.
4) 원문의 '니도갑자(泥途甲子)'는 평생토록 험한 일만 하며 대우를 받지

찾집과 술집이 인간 세상이라
지금의 지위에 만족할 뿐5) 고관 제수6) 바라지 않았지

操行從前乏町畦。　　泥塗甲子費推擠。
茶坊酒肆人間世、　　素位無心望析珪。

■
　　못한 채 늙은 사람을 뜻한다. 춘추시대 진(晉)나라 강현(絳縣) 출신의
　　73세 된 노인이 성을 쌓는 공사에 동원되자 조맹(趙孟)이 불쌍하게 여
　　기면서 사죄했던 고사에서 유래하였다.《춘추좌씨전(春秋左氏傳) 양공
　　(襄公) 30년》
5)《중용》14장에 "군자는 지금의 위치에 따라 행하고, 그 밖의 것을 원하
　　지 않는다.[君子素其位而行, 不願乎其外.]"라고 하였다.
6) 원문은 '석규(析珪)'로, '析圭'로도 표기한다. 제왕이 작위에 따라 옥규
　　(玉圭)를 반포하는 것을 말한다.《한서 사마상여전(司馬相如傳)》에, "옛
　　날에는 부절을 쪼개어 봉하고, 옥규를 잘라서 작위를 주었다.[故有剖
　　符之封, 析圭而爵.]"라고 했는데, '圭'는 다른 텍스트에 '珪'로 되어
　　있다고 했다. 안사고(顔師古) 주(注)는 여순(如淳)의 설을 인용하여, "석
　　(析)은 가운데를 나누는 것[中分]이다. 흰 부분은 천자가 보관하고 푸
　　른 부분은 제후가 보유한다.[白藏天子, 靑在諸侯.]"라고 했다. 후대에
　　는 관직을 제수하는 것을 말한다. 당나라 이예(李乂)의 시〈여름날 사마
　　원외와 손 원외가 북쪽으로 가는 것을 전송하며[夏日送司馬員外孫員
　　外北征]〉에, "규옥을 나누어 부절 집고 가며, 관인을 지참하고 깃발 나
　　누어 받았네.[析珪行仗節, 持印且分麾.]"라고 했다.

225

10.

강릉의 구업(舊業)은 택상(宅相)[7]이 열리고
감호(鑑湖) 가에 초가 지으니 봉래산이 가까워라
벼슬 그만 두면 돌아갈 곳 없음[8]을 다행히 면했으나
한스럽기는 태평스런 시절에 한 번도 못 갔음일세

舊業江陵宅相開。　　　結廬湖岸近蓬萊。
休官幸免歸無所、　　　只恨明時欠一回。

11.

섬강과 치악[9]도 바로 내 고향[10]
누가 동산을 만들어두고 늙은 나를 기다리랴

■

7) 훌륭한 외손을 뜻한다. 진(晉)나라 때 위서(魏舒)가 어려서 고아가 되어
　외가 영씨(寧氏) 집에서 자랐는데, 영씨가 집을 지으려고 할 때 집터를
　보는 사람이 "반드시 귀한 외손을 두겠다."라고 했다. 외조모는 위서가
　그 아이라고 생각했고, 위서 자신도 "외가를 위하여 내가 이 집터의 상
　(相)을 성취하겠다.[當爲外氏, 成此宅相.]"라고 하더니, 뒤에 과연 현
　달하였다.《진서(晉書) 권41 위서전(魏舒傳)》
8) 원문 '귀무소(歸無所)'는《시경 빈풍(豳風) 구역(九罭)》에 "기러기는
　날아서 물가를 따르니 공이 돌아갈 곳이 없으랴?[鴻飛遵渚, 公歸無
　所?]"라고 한 데서 온 말이다.
9) 섬강(蟾江)과 치악(雉嶽)은 모두 원주에 있는데, 허균의 농장과 어머니
　를 모신 분묘가 원주에 있었다.
10) 원문은 '분유(枌楡)'로, 선산이 있는 고향을 말한다. '분유'는 옛날 한나

간청하여 관동으로 부절 지니고 나갈 수 있다면
가을에는 소봉호(小蓬壺)[11]에 편안히 누우리라

蟾江雉嶽是枌楡。　　　誰築山園待老夫。
乞得關東新使節、　　　秋來歸臥小蓬壺。

15.

지극한 도는 태극[12] 이전에 생겼기에
선유는 성인을 바랐고 나는 현인 되기를 바랐네[13]

■

라 고조(高祖)가 고향 풍(豊) 땅에 느릅나무 두 그루를 심어서 토지의
신으로 삼았던 분유사(枌楡社)의 고사에서 온 말로, 본래 제왕의 고향
을 가리키다가 뒤에는 선산이 있는 곳을 뜻하게 되었다. 허균의 선산은
과천 상초리(지금의 서울시 서초동)에 있었지만, 어머니의 묘가 원주 병
봉산에 있었다.

11) 금강산을 봉래산 혹은 봉호라고 했으므로 소봉호(小蓬壺)는 대개 소금
강을 가리키지만, 문인들이 자신의 별장을 소봉호라고도 하였다. 숙천
(肅川) 함담정(菡萏亭)에 명나라 사신이 소봉호(小蓬壺)라고 쓴 편액이
있고, 윤선도는 금쇄동(金鎖洞)을 소봉호라 하였으니, 여기서는 원주
치악산(雉嶽山)을 가리키는 듯하다.

12) 천지가 아직 열리지 않고 혼돈(混沌) 상태로 있던 때, 곧 하늘과 땅, 음
과 양이 나누어지기 이전을 말한다.

13) 송나라 주돈이(周敦頤)가《통서(通書) 지학(志學)》에서 "선비는 현인이
되기를 원하고, 현인은 성인이 되기를 원하며, 성인은 하늘처럼 되기를
원한다.[士希賢, 賢希聖, 聖希天.]"라고 했다.

분잡한 희로애락을 잘 물리치고
인심의 미발(未發) 이전을 체인해야 하리라

至道生於太極先。　　　先儒希聖我希賢。
紛然喜怒安排得、　　　只體人心未發前。

16.

도산 사람[14] 멀어지고 월천[15]은 죽었으니
스승의 법통 지켜 누가 자양[16]을 이으려나
온 세상 모두가 공리 때문에 잘못되었으니
다시 어디에서 주염계·장횡거[17]를 보랴?

■

14) 도산에 서당을 짓고 독서 수양하면서 많은 제자를 가르친 퇴계(退溪)
이황(李滉, 1501~1570)을 가리킨다.
15) 퇴계 이황의 제자 조목(趙穆, 1524~1606)의 호이다. 이황이 세상을 떠
난 뒤 문집의 편간, 사원(祠院)의 건립 및 봉안 등에 힘썼으며, 도산서
원 상덕사(尙德祠)의 유일한 배향자가 되었다.
16) 송나라 주희(朱熹)의 별호이다. 안휘성(安徽省) 흡현(歙縣) 성(城) 남
쪽 자양산에서 태어나 학문을 크게 이뤘으므로, 뒤에 사람들이 서원을
세우고 자양서원(紫陽書院)이라 했다.
17) 원문의 '주장(周張)'은 송나라 학자 주돈이(周頓)와 장재(張載)를 가리
킨다. 주돈이의 자는 무숙(茂叔), 호는 염계(濂溪)로 〈태극도설(太極圖
說)〉과 《통서(通書)》 등을 지었다. 장재의 자는 자후(子厚), 호는 횡거

陶山人遠月川亡。　　　師統誰能繼紫陽。
擧世盡爲功利誤、　　　更從何地見周張。

20.
재주 없고 학술 없이 헛된 이름만 훔쳤으니
어찌 작은 노력인들 세상에 보탬 되었으랴
종계의 무함을 씻어 조종의 덕을 밝혔으니
이 몸이 가까스로 헛된 삶을 면했구나

無才無學竊虛名。　　　豈有微勞裨世程。
只洗厚誣明祖德、　　　此身纔得免虛生。

■
(橫渠)로 이기일원설(理氣一元說)을 주장하며 수양론(修養論)을 펴서
주희의 학설에 영향을 주었다.

요동에 이르러 집에서 온 편지를 받아보니 조카 친이 과거에 급제했다[1]고 하므로 기쁨을 기록하다

到遼東見家書 猶子寀登第云 志喜

니금[2]의 기쁜 소식이 요양에 이르렀기에
연산에 계수나무가 향기 띤 것을 알리노라.
선조께서 경복을 흡족히 끼치셔서
아이들에게 서향(書香)을 잇게 했다고 말하네
몸가짐과 평소 뜻이 어찌 안온하고 배부름[3]에 있으랴
자식 가르치는 유풍이 의로운 방법[4]으로 족하도다

■

1) 원문의 '유자(猶子)'는 조카로, 허친(許寀, 1583-1625)은 허봉(許篈)의 아들이다. 1606년에 생원이 되고, 1615년 알성 문과(謁聖文科)에 병과로 급제하여 북도평마사(北道評馬事)에 올랐다. 《성소부부고》 권7에 허균이 그에게 지어준 〈통곡헌기(慟哭軒記)〉가 실려 있다.

2) 금분(金粉)을 발라 장식한 서신인 금첩(金帖), 즉 대과에 급제한 소식을 말한다. 당나라 때 새로 급제한 사람이 가서(家書)에 이금첩(泥金帖)을 첨부해서 등과(登科)의 소식을 전하던 데서 온 말이다.

3) 왕증(王曾)이 급제했을 때 유자의(劉子儀)가 장난삼아 "세 시험에서 장원했으니, 입고 먹는 데 끝이 없겠네.[狀元試三場, 一生喫著不盡.]"라고 하자, 왕증이 정색하며 "나의 평소의 뜻은 따뜻하고 배부른 데 있지 않네.[曾平生之志, 不在溫飽.]"라고 하였다. 《송명신언행록(宋名臣言行錄) 전집(前集) 권5 왕증기국문정공(王曾沂國文正公)》

4) 《춘추좌씨전(春秋左氏傳) 은공(隱公) 3년》에 위(衛)나라 장공(莊公)의 아들 주우(州吁)가 오만방자하게 굴자, 현대부(賢大夫) 석작(石碏)이 장공에게 "자식을 사랑하되 의로운 방법으로 가르쳐서 사악한 길로 빠져들지 않게 해야 한다.[愛子, 敎之以義方, 弗納於邪.]"라고 충간한 말이 있다.

가업 잇고 어버이 드러내어 일을 잘 마쳤지만
급제 하나 과시하려고 술잔 입에 대지는 말아라[5]

泥金喜信到遼陽。　　　爲報燕山桂又芳。
共道先人流慶洽、　　　遂令兒輩繼書香。
持身素志寧溫飽、　　　敎子遺風足義方。
紹業顯親能事畢、　　　休誇一第着咁觴。

■
5) 친이 술을 좋아하기에 끝 구에서 경계하였다. (원주)

부록

蛟山
許筠

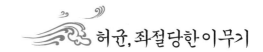

허균, 좌절당한 이무기

허균은 이달에게서 시를 배웠다. 뛰어난 글재주를 지녔으면서도 어머니가 계집종이었다는 이유 때문에 벼슬길에 오르지 못한 이달을 허균의 아버지는 인간적으로 대해 주고, 자기 집에 드나들도록 했다.

작은형인 허봉이 이율곡을 탄핵하다가 귀양을 갔는데, 유배가 풀리자마자 아우 허균에게 옛글을 가르쳤다. 그리고 이달에게 나아가서 이백(李白)의 시를 배우도록 했고, 자기의 벗인 유성룡에게 나아가서 문장을 배우도록 했다. 뒷날 임진왜란을 치러내며 영의정에까지 오른 유성룡과 과거도 치를 수 없었던 서자(庶子) 이달을 같이 놓고 볼 정도로, 허봉은 지위나 문벌보다 사람됨을 높이 본 것이다.

스승 이달에게서 당나라 시인들의 낭만적인 시세계를 배우면서, 허균은 재주 있는 사람을 얽어매는 봉건제도의 부조리를 인식하였다. 그가 뒷날 서자들을 동정하여 서양갑·심우영 등 여강칠우(驪江七友)의 후원자가 된 것이라든지, 《홍길동전》을 지어서 인간의 평등을 외친 것이라든지, 끝내는 현실과 적극적으로 대결하기 위해서 혁명을 준비한 것도 스승 이달에게서 받은 영향이라고 생각된다. 그 자신은 서자가 아니라 권세 있고 명성 높은 집안에서 귀염받는 막내

로서 자랐기 때문이다. 그러나 자라면서 그도 결국은 조선시대라는 봉건적 상황에서 정신적 서자가 되었다.

허균이 살던 시기(1569~1618)는 성리학의 절정기였다. 유학에 조예가 깊은 아버지와 형들 아래에서 자랐으므로, 그도 어느 정도의 성리학을 배웠을 것이다. 그러나 그의 문집에는 성리학에 관한 논(論)이나 설(說)이 한 편도 없다. 그가 아예 성리학 방면으로는 관심을 안 가졌기에 그에 관한 글도 없거나, 아니면 몇 편 있었더라도 문집을 엮을 때 다 내버린 것 같다.

14살 때《당음》(唐音)을 읽기 시작해서 25살 피난시절에《두시》(杜詩)를 읽기까지, 그는 당나라의 시를 즐겨 읽었다. 그가 그토록 당나라의 시를 좋아한 것은 이(理)보다는 정(情)에 더 가까운 성품 때문이기도 했지만, 중국에서 몇십 년 동안 당나라의 시를 배우는 풍조가 계속되었기 때문이었다. 그러나 중국에서는 그 풍조가 당나라의 시를 그대로 모방하는 복고주의 쪽으로 기울었으므로, 이탁오(李卓吳)와 그 제자들로부터 비판을 받았다. 공자(孔子)의 권위부터 부정하고 나선 이탁오는 사람이 순수한 동심(童心)의 세계를 지녀야 하며, 아무것에도 매이지 않는 개인의 삶을 표현한 글만이 참다운 문학이라고 내세웠다.

그가 복고주의를 넘어선 이유 가운데 하나는 이탁오의 영향이다. 허균은 남의 지붕 아래에다 자기 집 짓기를 싫어했으므로, 당나라의 시를 모방해서 지을 것이 아니라 자기의 세계를 표현하고자 하였다. 당나라의 시를 배웠지만 그것과 달라지기를 원하였으며, 스스로 '허균의 시'를 이루고자 했다.

그는 자기 나름대로 세상을 살았기에, 늘 세상과 화합할 수가 없었다. 그는 부조리한 현실에서 벗어나기 위해서 귀거래(歸去來)를 생각했다. 그러나 포부를 다 펴지도 못하고 자연으로 돌아가는 것은 현실도피이고, 곧 실패한 삶을 의미했다.

철저히 현실에 집착했던 그로서는 성공 이전의 귀거래를 생각할 수도 없었다. 그래서 현실을 극복하는 과정에서 그는 시를 지었다. 이 부조리한 현실에 발을 딛고 있으면서도 그는 선계(仙界)를 생각했다. 그 선계가 처음엔 도교(道敎)의 신선세계였지만 차츰 그것을 넘어선 이상세계로 바뀌었으며, 끝내는 자기 나름대로 살 수 있는 이상세계를 지상에 건설하기 위해 그는 혁명 준비를 서둘렀다.

화운시(和韻詩)는 모든 것이 좌절된 유배지에서 지었다. 자기가 살아온 삶과 비슷하면서도 성공한 구양수·백거이 두 시인의 시에다 화운하여, 자기를 그들에게다 동일화시켰다. 화운은 시의 형식인 동시에, 동일화를 내포한 주제이기도 하다.

그의 기행시는 고향을 찾는 여정이다. 여행길이 괴로왔던 만큼 안주(安住)할 곳은 더욱 절실했다. 고향이 꼭 강릉은 아니었다. 조그만 방 한 칸의 누실(陋室)이어도, 자기가 화합하여 살 수 있는 곳이면 좋았다. 그러나 그런 곳이 이 지상에는 없었기에, 자기가 안주할 고향을 만들기 위해 그의 혁명 준비는 서둘러진다.

혁명 준비를 위해서 자기의 추종자들을 모으느라고 그는 전시(殿試: 임금 앞에서 치르는 과거의 본시험)의 대독관(對讀官)이 되어서 조카·조카사위·제자 등을 급제시켰다. 부정이 탄핵받고 귀양간 곳에서, 그는 좌절당한 자신을 보상하기 위해서 선조 임금과 왕세정(王世貞)을 만나는 꿈을 글로 지었다. 자기를 사랑했던 선조 임금에게서는 다시 왕궁으로 불러 주겠다는 암시를 받았고, 중국의 대문장가 왕세정으로부터는 문장 재주를 인정 받았다.

그러나 1,400편의 시를 쓰는 동안에도 그는 끝내 현실과 화합하지도 못했고, 극복할 수도 체념할 수도 없었다. 그랬기에 자기와 같은 사람들이 안주하여 화합하며 살 수 있는 새로운 사회를 만들기 위해서, 유배지에서 돌아오자마자 그는 현실 속에 적극적으로 뛰어들었다.

그러나 그의 세력이 너무 커지자 위협을 느낀 이이첨은 끝내 그를 제거할 음모를 꾸몄다. 뒤늦게야 자기가 함정에 빠진 것을 알고는 '할 말이 있다'고 했지만, 그는 끝내 그 말을 하지 못하고 죽었다. 그가 새로 세우려고 했던 사회의 모습이 확실치는 않지만, 좀 더 인간답게 살 수 있는 사회를 만들려고 했던 것만은 분명하다.

이탁오가 봉건사회를 비판하다가 끝내 이기지 못하고 감옥에서 죽었던 것처럼, 그도 억압적인 현실을 극복하려고 몸부림치다가 끝내는 실패하고 말았다. 그의 호 교산(蛟山)이 끝내 하늘로 오르지 못할 이무기의 좌절을 암시한 것처럼, 그의 비극적 죽음도 결국은 그의 시 전체를 마무리짓는 커다란 상징이다. 그가 귀거래를 말로만 부르짖으면서 한번도 실천하지 못했을 때, 그의 이러한 비극적 결말은 예정되어 있었다.

- 허경진

238

연보

- 1569년 11월 3일, 기사년 병자월 임신일 계묘시에 허엽의 삼 남 삼녀 가운데 막내 아들로 태어났다. 어머니는 김광철의 딸 인데, 허엽의 후처이다. 서울 건천동에서 자랐다.
- 1572년, 작은형 허봉이 문과에 급제하였다.
- 1577년, 건천동에서 상곡(庠谷·明禮坊)으로 이사갔다. 임수정 ·임현·최천건 등과 함께 글을 배우며 사귀었다. 시를 잘 지었 다. 매부 우성전은 그의 재주가 너무나 뛰어난 것이 심상치 않 다고 걱정하였다. "뒷날 문장을 잘 하는 선비가 되기는 하겠지 만, 허씨 집안을 뒤엎을 자도 반드시 이 아이일 것이다."
- 1579년 5월, 아버지가 경상감사가 되어 내려갔다.
- 1580년 2월 4일, 아버지가 상주 객관에서 죽었다. 《논어》·《통 감》을 읽은 지 일년도 안 되어서 문리(文理)가 통했다.
- 1582년, 《당음》을 읽으며 당나라 시를 공부했다. 《용성창수 집》을 들고 작은형을 찾아온 시인 이달을 처음 만났다. 이달은 나중에 그의 스승이 되었다.
- 1583년, 경기도 순무어사로 나갔던 작은형이 병조판서 이율 곡을 탄핵하다가 창원부사로 좌천되었고, 곧이어 갑산으로 유배되었다.
- 1585년 봄, 한성부에서 치르는 초시에 합격하였다. 상곡의 글 친구 임현도 함께 합격하였다. 김대섭의 둘째딸과 결혼하였 다. 6월, 아버지의 친구인 영의정 노수신의 아룀에 의하여 작 은형이 풀려났다. 그러나 서울 안으로는 들어오지 못하게 하 여 백운산·인천·춘천 등지로 떠돌아다녔다. 작은형이 백운산 에서 젊은이들을 모아 글을 가르쳤지만 결혼을 하느라고 같이

가서 배우지 못했다.

- 1586년 봄, 처남 김확과 함께 백운산에 들어가 작은형께 고문(古文: 한퇴지·소동파)을 배웠다. 금각을 만나 함께 배우며 사귀었다. 유성룡에게서 문장을, 이달에게서 시를 배웠다.
- 1588년 9월 17일, 작은형이 금강산에 노닐다가 금화현 생창역에서 황달과 한담으로 죽었다.
- 1589년, 이이첨과 함께 생원시에 합격하고, 같이 글공부를 했다. 누이 난설헌이 죽었다.
- 1590년, 난설헌의 시 210편을 정리하여 책으로 엮었다. 11월에 유성룡에게서 그 서(序)를 받았다.
- 1592년 4월 14일, 고니시 유키나가[小西行長]의 군대가 부산에 상륙 했다. 임진왜란이 시작되었다. 홀어머니 김씨와 만삭된 아내를 데리고 피난길을 떠났다. 덕원 → 함경도 → 곡구. 7월 7일, 단천에 이르렀다. 첫아들을 낳고 임명역으로 옮겼다. 7월 10일 저녁, 박논억의 집에서 아내가 죽었다. 임시로 묻고 북쪽 피난길에 올랐다. 갓난아기도 젖이 없어서 곧 죽었다. 영동역·수성역·함경도를 전전했다. 그해 가을, 9일 동안 배를 타고서 강릉에 도착했다. 사천 애일당 외가에 머물렀다. 이때부터 애일당이 있는 뒷산의 이름을 따서 교산(蛟山)이란 호를 썼다.
- 1593년, 낙산사에서 주로 머물며 두보의 시를 공부하고 중들과 사귀었다. 그해 10월,《학산초담》을 지었다.
- 1594년 2월 29일, 문과에 급제했다. 승문원 사관으로 요동에 다녀왔다. 승문원에 벼슬을 얻어 장방(長房)에 있었지만 모친상 때문에 여름에 강릉으로 돌아갔다.
- 1595년, 낙산사에서 내려왔다. 홍문관에서 후보로 올렸지만 점수가 모자라 낙점을 받지 못했다.
- 1596년, 강릉부사였던 정구와 함께《강릉지》를 엮었다. 승문원에서 일을 보았다.
- 1597년 봄, 정9품 예문관 검열(한림) 겸 춘추기사관 세자시강원 설서가 되었지만 그해 3월 중에 파직당했다. 4월 2일, 문과 중시에 장원급제하였다. 정6품 예조좌랑으로 뛰어올랐다. 7월, 원군을 청하는 사신의 수행원으로 중국에 갔다. 10월, 병조좌랑이 되었다.

- 1598년, 중국의 장군과 사신들을 접대하느라고 돌아다녔다. 중국의 종군문인 오명제에게 《조선시선》을 엮어주었으며,《난설헌집》 초고를 중국에 전파케 했다. 10월 13일, 다시 병조좌랑이 되어 가을에 평안도를 다녀왔다.
- 1599년 3월 1일, 병조좌랑으로 다시 임명되었다. 지평 남탁래의 탄핵을 받았다. 5월 25일, 종5품 황해도사가 되었다. 12월 19일, 기생을 너무 많이 데리고 다닌다는 이유 때문에 사헌부의 탄핵을 받고 파직되었다.
- 1600년 7월, 예조정랑이 되었다. 의인왕후의 국상을 준비하는 장생전의 낭청과 지제교를 겸했다.
- 1601년 봄,《태각지》를 엮었다. 호남 향시의 시관이 되어 남쪽을 다녀왔다. 6월, 충청·전라도의 세금을 거둬들이는 해운판관이 되었다. 7월 23일, 부안에서 계생(매창)을 만나 놀았다. 12월 2일, 원접사 이정귀가 종사관으로 천거했다는 소식을 서울 집으로부터 받았다. 한림원 시강 고천준을 맞기 위해 형조정랑이 되었다.
- 1602년 2월 13일, 사신들을 맞기 위해 조정을 떠나 서행길에 올랐다. 윤 2월 13일, 정5품 병조정랑이 되었다. 8월 27일, 정4품 성균관 사예가 되었다. 10월 1일, 정3품 사복시정이 되었다.
- 1603년 여름, 춘추관 편수관을 겸직했다. 8월, 벼슬이 떨어져서 금강산 구경을 하고 강릉으로 갔다.
- 1604년, 부사 유인길과 사귀었다. 그가 떠나며 준 선물로 초당에 서재를 설치하여 선비들에게 공개했다. 7월 27일, 성균관 전적이 되었다. 9월 6일, 수안 군수가 되었다.
- 1605년 2월, 작은형의 문집인 《하곡집》을 엮어 출간했다. 토호 이방헌의 죄를 따지며 매를 때리다가 죽게 했다. 그 아들에게 뇌물 받은 관찰사에게 추궁받고 사직했다.
- 1606년 1월 6일, 의흥위 대호군(종3품)이라는 임시 벼슬을 받고 원접사 유근의 종사관이 되어 한림원 수찬 주지번을 접대하였다.
- 1607년 2월 6일, 정3품 상의원정이 되었다. 3월 23일, 삼척 부사가 되었다. 5월, 고을에 도착한 지 13일 만에 부처를 섬긴다고 파직당했다. 7월, 내자시정이 되었다. 여름·가을·겨울 아홉

달 동안 고과에서 스물일곱 제목이 장원하였다. 12월 9일, 공주 목사가 되었다. 처외삼촌 심우영을 통하여 서양갑과 사귀고, 이재영을 불러다가 도와주었다. 《국조시산》을 엮었다.

- 1608년 2월, 선조가 죽고 광해군이 즉위하였다. 정인홍··이이첨이 득세했다. 4월, 《난설헌집》을 출간했다. 8월, 충청도 암행어사의 장계에 의해 파직되었다. 부안현 우반 정사암으로 들어가 쉬었다. 12월, 정3품 승문원 판교가 되었다.

- 1609년 2월, 태감 유용을 접대하기 위해 원접사 이상의가 종사관으로 천거했다. 6월, 유용의 청에 의해 첨지중추부사가 내려졌다. 9월 6일, 정3품 형조참의가 되었다. 죽은 아내도 숙부인(淑夫人)의 직첩이 내려왔다.

- 1610년 4월, 천추사로 임명되었다. 병 때문에 사퇴했다가 사헌부의 탄핵을 받고는 의금부에 잡혀갔다. 10월, 나주 목사에 임명되었지만 곧 취소되었다. 실제의 직무는 없이 녹봉만 받던 정6품 사과 벼슬마저 파직되었다. 11월, 전시(殿試) 대독관이 되었다. 그러나 조카와 조카사위를 급제시켰다는 혐의로 탄핵받았다. 42일 동안 의금부에 갇혀 지내다가 12월에 귀양을 갔다.

- 1611년 1월 15일, 유배지인 전라도 함열에 도착했다. 4월 23일, 문집 《성소부부고》 64권을 엮었다. 11월에 귀양이 풀렸다. 12일에 서울로 돌아왔다. 24일에 부안으로 내려갔다.

- 1612년 8월 9일, 큰형 허성이 죽었다. 가장 가까운 벗 권필이 광해군을 풍자하는 시를 지었다가 매맞아 죽었다. 12월, 진주사가 되었지만 이튿날 갈렸다.

- 1613년, 호남지방을 떠돌아다녔다. 봄에 송익필의 서손녀를 첩으로 맞아들였다. 심우영 등 일곱 서얼의 옥사가 있었다. 12월에 예조참의가 되었지만 이틀 만에 갈렸다.

- 1614년 2월 15일, 호조참의가 되었다. 여름, 천추사가 되어 중국을 다녀왔다.

- 1615년 2월 14일, 승문원 부제조가 되었다. 5월 15일에 문신 정시에서 일등을 하였다. 22일에 동부승지가 되었다. 6월 5일, 종2품 가선대부에 올랐다. 윤8월 5일, 정2품 가정대부에 올랐다. 동지겸진주부사(冬至兼陳奏副使)가 되어 중국에 갔다. 이때에 다녀온 기록을 《을병조천록》으로 남겼다.

- 1616년 5월 11일, 정2품 형조판서가 되었다. 10월 8일, 형조 판서에서 파직되었다.
- 1617년 1월, 김윤황이 격문을 경운궁에 던졌다. 12월 12일, 정2품 좌참찬에 올랐다. 24일에 허균의 제자인 기준격이 자기 아버지를 살리기 위해서 그의 혁명계획을 고발하는 비밀상소를 올렸다. 26일에 기준격이 다시 소를 올렸다. 27일에 허균도 자기를 변명하는 비밀소를 올렸다.
- 1618년 1월 기준격이 다시 상소를 올렸다. 봄, 스승 이달의 시집《손곡집》을 간행하였다. 윤4월 7일, 남대문에다 백성들을 선동하는 흉서를 붙인 심복 하인준이 잡혀들어갔다. 17일에 허균도 기준격과 함께 옥에 갇혔다. 그의 심복들이 허균을 탈옥시키려고 감옥에 돌을 던지며 시위하였다. 22일에 광해군이 친히 허균의 심복들을 국문하였다. 이이첨은 망설이는 광해군을 협박하여 허균의 처형을 서둘렀다. 허균은 결안도 없이 8월 24일에 그의 심복들과 함께 서시에서 처형당했다.

原詩題目 찾아보기

옮긴이 **허경진**은 연세대학교 국어국문학과를 졸업하고,
같은 대학원에서 문학박사 학위를 받았다. 목원대학교 국어교육과 교수와
열상고전연구회 회장을 거쳐, 연세대학교 국문과 교수를 역임했다.
《한국의 한시》총서 외 주요저서로는《조선위항문학사》,《허균 평전》,
《허균 시 연구》,《대전지역 누정문학연구》,
《성호학파의 좌장 소남 윤동규》등이 있고,
옮긴 책으로는《연암 박지원 소설집》,《매천야록》,
《서유견문》,《삼국유사》,《택리지》,《허난설헌 시집》,
《주해 천자문》,《정일당 강지덕 시집》등 다수가 있다.

韓國의 漢詩 12

蛟山 許筠 詩選

초 판 1쇄 발행일	1986년	4월 10일
초 판 6쇄 발행일	2002년	2월 18일
개정증보1판 1쇄 발행일	2013년	4월 15일
개정증보2판 1쇄 발행일	2024년	4월 22일

옮 긴 이   허경진
만 든 이   이정옥
만 든 곳   평민사
　　　　　　서울시 은평구 수색로 340 〈202호〉
　　　　　　전화 : 02) 375-8571
　　　　　　팩스 : 02) 375-8573
　　　　　　http://blog.naver.com/pyung1976
　　　　　　이메일 pyung1976@naver.com
등록번호   25100-2015-000102호
ISBN   978-89-7115-841-8 04810
　　　　　　978-89-7115-476-2 (set)
정　　가   16,000원